JN247962

追放されたハズレ聖女はチートな魔導具職人でした

白沢戌亥

目次

追放されたハズレ聖女はチートな魔導具職人でした
浮遊シャンデリア
無自覚チートな
石の聖女
ココ・ルメール
前世ものづくり好きOLだった記憶を持つ少女。
「石の聖女」と宣託を受けて
追放されてからは
のんびりと悠々自適な
ものづくりライフを
満喫する。
ココの
7番目の眷属
ナナ
電気を司るカーバンクル。
ココには甘ったれだが、
初対面の相手には
厳しい。
降雨予想石
加熱ポット
精霊樹の香水

Character
登場人物紹介
熱血漢の聖騎士
グラナイト・ティーバニア
ココの護衛任務を命じられた騎士。
ココのことを妹のようにかわいがる。
誠実で人がいい好青年で
確かな剣の腕を持つが、
ナナには頭が上がらない。
快活な商会の娘
ザクロ・イワミ
神学校でのココの学友。
商魂たくましく、様々なコネクションを持つ。
面倒見がよく、世間知らずのココを
甲斐甲斐しく面倒みる
姉貴分。
内気な神官の娘
ルナ・セルカドニー
神学校でのココの学友。
神官一族の娘で真面目な優等生だが、
その加護の性質によって
自分に自信を持てずにいる。
才能あふれる黄金の聖女
ベリル・デンドリティック
侯爵令嬢。黄金の加護を持ち、
かつて人々を救った「白金の聖女」の末裔。
次代の聖女候補に最も近い存在で、
ココのことをライバル視している。

序章

天にありし我らの神よ
叶うならば大地に祝福を与えたもう
我ら天の隷なれば、地は汝《なんじ》らのものなり
地に祝福あれば、我らいっそうの信心を抱き、天を仰ぐものなり
天よ、我らに祝福を与えたもう
天よ、我らに希望を与えたもう

聖女の祝福は、世界に欠くべからず
聖女の慈悲は、人に欠くべからざるもの

汝ら、大地に祝福を！
我ら哀れなり
我ら祝福なくば、地に伏して死を待つのみ

天よ、天よ、我らに祝福を！

我らに聖女の祝福を！


これは神殿に伝わる、女神への賛歌の一部だ。

人々の中に、女神への崇敬の念と共に、その力の一部を受け継いだ聖女への畏敬があったことを、この歌はよく示している。

そんな聖女と呼ばれる女性たちの中には、なんらかの形で名前を残す者がいた。

王国の命脈を保った『白金《はっきん》』。

戦争という悲劇の中で花開いた『赤薔薇《ばら》』と『白薔薇』の姉妹。

神殿と王国の間を取り持った『月』。

そんなきらめくような名前の中に、異彩を放つものがある。

『石』

その一語だけならば、取るに足らないような名前。

実際、この聖女は聖女としての託宣を受けた後、軽侮のあまり辺境へと送られてしまった。

しかし、彼女は今を生きる人々の記憶に刻まれている。

多くを成し遂げ、その存在を歴史の中に残した。これはそんな、『石の聖女』の物語。

プロローグ　遠き場所の一場面

「ありがとうございましたー」

手芸品販売店の自動ドアを抜けると、蒸し暑い空気に包まれる。

出かける前は、少し肌寒いかもしれないと不安になった薄手の服装も、こんな天気ならばちょうどよかったと思えた。

久しぶりの休暇を汗だくになって過ごすのは、あまりにももったいない。

「いい天気だし、洗濯物もすぐ乾きそう」

手を翳《かざ》して空を見る。店の中でしばらく過ごしていたためか、太陽は家を出たときよりもずっと高いところにあった。

平日の間にたまってしまった洗濯物を一念発起の末、朝の間に片づけ、ずっと行きたいと思っていた手芸品店に出向いたのはたしか午前十時くらいだっただろうか。

店の中で吟味に吟味を重ねている間に正午は過ぎてしまい、午後となった街路には多くの人出があった。明るい太陽の下では、人々も明るい表情になるのだろうか。家族連れや友人同士のグループ、ひとりで歩いている若者もいれば、恋人同士らしい二人連れも散見されたが、各々に週末を楽しんでいることがひと目でわかった。

「うーん、家で細工の続きやろうと思ったけど、もう少し見て回ろうかな……」

大学を卒業してからもう五年になる。仕事でもそれなりに責任を持たされ、ストレスと無縁とは到底いえない日々を過ごしている。

大学の先輩に誘われる形で材料メーカーに就職し、自分よりも優秀な同僚たちと一緒に仕事をするのは、張り合いはあるものの、常にプレッシャーにさいなまれる。周囲に同じ仕事をしている者がいて、彼ら、彼女らの成果を毎日見せられているのだから当然だ。

大学のようにただ研究すればいいというものでもなく、会社に利益をもたらす研究こそが必要とされる日常。ストレスは親友面していつも隣にいた。

そんなストレスとの友人関係を解消する手段として、ひとり暮らしの中、手作りの細工を作ることを趣味にしたのは、コストパフォーマンスや実用性が理由ではない。

職場の机の上に誰かが放置した雑誌の表紙がアクセサリー特集で、それを見たときに通勤の途中で見た手芸品店の存在を思い出したからだ。

その日以来、休みの日は家でそのとき最も興味のあるアクセサリーを作るようになった。完成品は同僚にあげたり、自分で使ったりしているが、適度に承認欲求も満たせるため、悪くない趣味だと自分でも思っている。

そして、今日もまた細工に取り組む予定だった。予定していた通りに材料は買えたので、あとは家に戻ってひとり静かに机に向かうのみだが、周囲の楽しげな様子にその予定が揺らぎつつある。

少しくらい外で遊ぶのもいいかもしれない——そう思えてきた。

「いやいや。でも、未完成で放り出したの、結構あるし」

針金細工やシルバークレイなど、興味のあるものにはいろいろ手を出してきた。

そのせいで部屋の一角はごちゃごちゃとした未完成品の山に占領されており、毎日それを目にするのはつらい。

細工物のいいところは、未完成のまま放置しても、ある程度きちんと保管しておけば変質したりしないことだ。除湿剤を入れたケースで太陽光を遮っておけば、一年や二年仕舞い込んでもなんともない。

なんともないが、荷物は増える。

「——よし、今日は帰っていろいろ完成させちゃおう。もう材料も全部揃《そろ》ったし！」

両手を握りしめ、自分に気合を入れる。

間違っても汚部屋などとは、誰にも言わせない。帰宅するべく駅へと向かう。

すると直後、立ち止まった赤信号の横断歩道で、目の前をスイーツのラッピングをしたバスが通り過ぎていった。

「…………おいしそ」

駅前に新しいスイーツ店がオープンしたという広告だ。キラキラと輝くフルーツタルト。純白のクリームケーキ。宝石のように輝く砂糖が乗ったブリュレ。それが、半額。

(甘くて酸っぱくて苦くて……)

味を想像しただけで別の欲求がムクムクと湧き上がってくるが、一瞬目を奪われるだけで持ちこたえた。そう、あくまで一瞬だけ、一瞬だけ。

「……はっ⁉　ダメダメ！　今日はもう帰るの！」

打ち勝った。よくやったと自分を褒めたい。

直後、青へと変わった歩行者用の信号機。

ここで一歩を踏み出せば、甘いものへの欲求は完全に断ち切れるだろう。

「さーて、急いで帰ろうっと」

自分に言い聞かせ、ほかの歩行者と共に横断歩道を渡り始める。

一歩。

二歩。

三歩。

白いラインを踏んで、前に進む。なぜか、やかましいエンジン音が近づいてきた。

こんなにいい天気なのだから、ドライブをしている人もいるのだろう。

しかし、それにしてはあまりにも音が近すぎないだろうか。

「きゃあああああっ!!」

誰かの悲鳴が聞こえ、慌てて振り向く。

「え?」

こちらに真っすぐ突っ込んでくる車。光の反射で運転手の姿は見えない。そのせいで、まるで車が獰猛《どうもう》な獣のように見え、足がすくんだ。

周りの人々が慌てて逃げる。自分も逃げなければ。

でも、動けない。

「——あ」

次の瞬間、衝撃と共に目に見えるものがすべてぐるりと回った。

鞄に入れていた手芸品店の袋から、買ったばかりのさまざまな材料が飛び出し、空中を舞う。

(キラキラしてる……)

人工宝石や金銀の金具、鎖が太陽の光を浴びてきらめいている。

(キレイだなぁ)

◇　◇　◇

プロローグ　遠き場所の一場面

それは遠ざかる意識の中で、唯一最後まで彼女をこの世界につなぎ留めていたのかもしれない。

キラキラ、キラキラと落ちていく光。

花火のような、雪のような、はかない光が目の前を落ちては消えていく。

視界が漆黒に染まり、すべての輝きが見えなくなったとき、彼女はたしかに死んだのだ。

第一章　辺境の不思議な幼女

フェルベーツ王国の辺境、ランダス山脈の麓《ふもと》にある小さな村。

街道に建てられたルベールという小さな立て看板だけが、外部の者に唯一この地の名前を示している。

村から望むランダス山脈は山頂部に万年雪の冠をかぶり、その山々から流れてくる清流は一年を通して身をすくませるほどに冷たい。

しかし、この村で生まれ育った者は、この地がフェルベーツ王国の中でも指折りの貧しい村だということを知らない。

ほかに比較するべき対象がないからだ。

定期的に村にやって来る商人の一団は村の農作物や動物の毛皮などを買いつけ、村が必要とする道具などを売るが、村と外部のつながりはその商人たちと税を徴収するために年に一度やって来る役人だけだ。

そんな村に、小さな子どもの歓声が響いている。

「おにいちゃん！　おねえちゃん！　待ってよ〜〜！」

明るい色の髪を束ねた小さな女の子が、彼女よりも少しだけ大きな子どもたちの集団に追いつこうと走っている。

「後からゆっくり来いよ！　転んじゃうだろ！」

「そんなに怒鳴らなくてもいいじゃない！　ココ、ほら大丈夫だから、走っちゃダメよ」

集団の中でもひと際大きな少年と少女が、小さな小さな歩幅で必死に追いかけてくる女の子にそれぞれ声をかける。

男の子は早く先に行きたくてしょうがないといった様子だが、女の子にたしなめられてそれ以上反論しないところを見ると、ココと呼ばれた小さな女の子を積極的に置いていこうとは考えていないようだった。

少年の成長の中に一時期ある、なにかにつけ一回は文句を言わなければ気が済まない時期なのかもしれない。

彼らが足を止めているので、五人ほどの子どもたちの集団は、最年少の女の子が追いつくまで村の真ん中にある広場にとどまっていた。

「あたしもいくの〜〜！」

一番小さなココの年の頃は、四歳ほどだろうか。

ほかの子どもたちは、少なくとも彼女より五歳は年上に見える。

一番年上なのが少年と少女のどちらかはわからないが、このふたりはあと数年で大人の仲間入りを果たすだろう。

「おいついたー！」

ようやく集団に合流したココが、うれしそうに少女に抱きつく。

「セラフィおねえちゃん！　ココおいてっちゃダメだよ！」

「ごめんなさい。レッドとおしゃべりしてたから、気づかなかったのよ」

「はあ!?　オレのせいにするのかよ！」

罪をなすりつけられた年長の少年――レッドが、セラフィと呼ばれた少女に文句を垂れる。

たしかにセラフィは彼とずっと話していたが、それは必要なことだからだ。

それに、ここ半年で一気に身長が伸びた彼は、まだ年下の子どもたちと歩幅を合わせることに慣れていない。

ようやく背を抜き返したセラフィにすべての責任を押しつけられ、彼はふて腐れたように頬を膨らませた。

「種まきの手伝いなんて、そもそも好きこのんでやるようなことじゃないだろ」

「レッドはそうかもしれないけど、村のみんなはココが来るのを待ってるわ。だってココは、『加護』を与えられているんだもの」


〝加護〟

それは神々から与えられる聖なる力の名。

高名な魔導師から高位の神官まで、この世界で大いなる力を持つ個人は、いずれもこの〝加護〟を持つとされていた。

王家もさかのぼれば〝加護〟を与えられた一個人であり、この大陸で広く信じられている天の女神神殿の大主教も、その正当性を示すためにこの〝加護〟を持つ者から代々選ばれる習わしとなっている。

単なる一個人を王族へと押し上げ、人々に自らが神の使いであると信じさせるほどに、〝加護〟は特別なものだ。

程度の差こそあれ、誰でも使える魔法とはまるで違う。

〝加護〟は神に選ばれた者の証であり、人類社会におけるほぼ絶対的なステータスだった。

それは、辺境の小さな村でも変わらない。ココに与えられた〝加護〟は、村にとって非常に有用なものだった。

「ココが遊んだ場所は、草木が元気になる」

その事実に最初に気づいたのは、当然というかココの両親だった。

ふたりは赤ん坊のココを連れて自分たちの畑に行き、基本的には背負ったまま農作業をしていた。

しかし、休憩のときはココを地面に下ろし、好きに遊ばせていたのだ。

幼子らしく土の塊を投げたり、時折口に入れようとするココ。

両親はそんなココを見守りながら、一年を過ごした。そしてその年、大陸全土で天候不順となり、農作物が不作となってしまう。

村も例外ではなく、人々は倉庫に蓄えてあった保存食の一部を放出してその年を耐え抜いた。

唯一、ココの家族を除いては。

彼女の家の畑は、例年よりも豊作となったのだ。

村人は驚いた。

ココの両親はもっと驚いていたが、当然、理由はわからなかった。

神の思《おぼ》し召し、赤ん坊が生まれた家が飢えては忍びないと、女神様が慈悲を与えてくださったのだろうと人々は口にしたものの、誰も本当の原因までは理解していなかった。あくまでも、ココの家族が幸運だったのだと考えた。

知識に触れる機会のない辺境に住む村人が、〝加護〟の存在に思い至ったのは、その翌年のことだ。

その年、ココの両親は二歳になった彼女を連れ、ほかの村人の畑を手伝った。もともと村全体で協力して農作業をすることもあったから、それ自体は珍しいことではない。村人にしても、前年の幸運のおこぼれに預かれたらと期待もあった。

ココの両親も、そんな期待を知ってか知らずか、積極的にほかの畑を手伝っていた。

そうなると、二歳になったばかりのココを連れて歩くのは危険だ。彼女の両親は我が子をセラフィの母親に預けることにした。セラフィという遊び相手もいるし、同じ女の子の親同士としての付き合いもあったからだ。

セラフィの母親は、幼いセラフィにココの相手を任せて、家のすぐ前にある自分たちの畑を耕した。セラフィとココは仲よくその畑で遊び、その年が過ぎた。

その年は、ココの両親が手伝った畑ではなく、ココの家とセラフィの家の畑が豊作となった。

さらに、セラフィがココを連れて遊び歩いた村の近くの森。水遊びをした小川。

セラフィとのかくれんぼの最中に忍び込んだココが、自分の身を隠す道具にするためにめちゃくちゃにハーブを引き抜き、村長をカンカンに怒らせた村長宅でも、多種多様な作物が豊作になっていた。

そこに至り、ココの両親、そして村人はココが〝加護〟を持っているのかもしれないと考え始め、やがて翌年にも同じことが起きたことで確信した。

作物の豊作は、ココの周囲で起きている――ココはそうして、村の小さな女神になった。

「まったく、これだから女は……」

「おう、ちびっ子ども！　今日はどこで遊ぶんだ？」

レッドがぶちぶちと不満を漏らしてると、濁声《だみごえ》が頭の上から降ってくる。

村一番の巨体を持つ鍛冶屋の親父《おやじ》だ。

親父は肩に大きな丸太を担ぎ、もう片方の手には仕事道具一式が入った革袋を持っていた。どうやらどこかに作業に向かう途中らしい。

彼の仕事は多岐にわたり、村にある橋や水車の手入れもその一部だ。

「コランさんの畑のお手伝いをするんです」

セラフィが答えると、親父は何度もうなずいた。

「ああ、そういや今日あたり種まきするって言ってたな。あそこの家の玉ねぎはうめえから、ココの嬢ちゃんにはがんばってもらいてえな」

「うん、ココがんばる！」

「がっはっは！　そうか！　がんばってくれるか！」

ココが〝加護〟を持っている可能性が高いとわかってからも、彼女の扱いは大きく変化はしていない。

ココを特別扱いできるほどの余裕がないからだ。

この村がより大きな、村民たちの中に派閥的なものが存在するような農村だったならば、効率的に村に〝加護〟を分け与えるために話し合いが行われ、ココの行動を取り決めていたかもしれない。農村での富の独占は、場合によっては命の奪い合いに発展する。

辺境に行けばいくほど、王国から与えられた法よりも、これまでの歴史の中でつくり上げられてきた掟《おきて》が優先されるからだ。

しかし、ルベール村には効率を考えなければならないほどの畑がない。

子どもたちが自分たちで勝手に——つまりは飽きないように——毎日違う場所で遊んだり、農作業を手伝うだけでも、村にあるすべての畑を回ることができる。水源である小川はひとつしかないし、村人が山菜採りに入る比較的安全な森も、村の周囲に数箇所だけしかない。

富の不均衡とは、不均衡が起きるほどの財物があって初めて発生する。

ルベール村はあまりにも小さく、村人の持つ財産の差はほとんど存在しない。牛や馬は村で共同所有しているし、収穫作業も村人総出で行う。山で獣が獲れれば肉は村全体に行き渡るほどだ。

「怪我《けが》しないようにしろよー！　ガハハハッ‼」

「オレが一緒なんだから、大丈夫に決まってるだろ！」

「そうだな！　セラフィの嬢ちゃんがいれば安心だ！　ガハハハッ‼」

「ええ、もちろんです、おじさん」

「おい、ふざけんなよ！」

レッドが拗《す》ねたような声をあげると、子どもたちは大笑いする。

ココもまた、血のつながらない兄姉たちの笑い声につられ、大きく笑うのだった。

ルベール村はその後数年の間、特に大きな事件が起きることもなく平穏そのものだった。

時折村の中に魔物や凶暴な動物が入り込んでしまうことがあったが、辺境の村ではさほど珍しいことではないし、村人が協力して退治していた。村人の手にあまるような魔物はこの周囲には生息していなかった。

まるで時間が止まったような長閑《のどか》な田舎の光景が繰り返され、しかし子どもたちにはきちんと時間の経過が表れ、成長していく。

レッドとセラフィは、いつしか子どもたちの集団ではなく大人たちの集団に属するようになった。そして彼らが抜けた穴には最年少だったココよりも、さらに小さな子どもが収まり、子どもたちの集団は維持されていく。

それは辺境の農村の、これまで続いてきた営みの延長だった。おそらく村人の誰もが、これからも変わらない日々が続くと思っていただろう。

ココは少しずつ家の手伝いをするようになり、両親は新しく生まれた弟の面倒も彼女に任せるようになった。

「おねえちゃんだよ～～」

ココは畑に出ている両親の代わりにおしめを替え、空いた時間で母親の内職である裁縫も覚えた。特に気に入っていたのは刺繍《ししゅう》で、小川で拾ってきた光る石を埋め込んで刺繍を施し、ハンカチを作ったりもした。

弟のよだれかけも、ココが作ったものだ。

「ココは手先が器用だなぁ。きっといろんな家から、お嫁さんに来てほしいって言われるぞ」

「えへへ……」

父親に頭をなでられながら、ココは照れくさそうに笑う。

父の言う通り、なんの変化もなければ、ココの人生はそのような形になったに違いない。

変化は、ココが七歳の誕生日を迎える年に、村の外からやってきた。


「ココを、神学校に……？」

「その通り。彼女には〝加護〟がある。ならば、しかるべき教育を施さねばならない」

はるか遠くの聖都からやって来たという神官は、案内された村長の家でココの神学校への入学を告げた。

それは要請、提案といった類いのものではなく。完全なる命令だった。

「お話は光栄ですが、ココはまだ七歳。ひとり遠くの街にやるには、幼すぎます」

「神学校への入学に年齢は関係ない。神の教えを学ぶのに、早いも遅いもないようにな」

「は、はぁ……」

村長は神官を前に、冷や汗を流した。

家の外には、村人たちが集まっている。神官に帯同してきた聖騎士たちが入り口を守っているため、村人は窓からこっそりと中をうかがっていた。

この国での一般的な感覚として、神官の申し出を断ることは不可能に近い。しかし、黙ってココを差し出すような真似はできなかった。

これまでココが村に与えた〝平穏〟という恩恵がどれだけ貴重なものか、ある程度の年齢の者ならばよくわかっている。

不作が続けば、すべての村人が冬を越すことはできない――それがココが村に生まれる以前の常識だったのだ。

「ひとつお聞かせ願いたい。神官様は、いったいどこからココのことをお聞きになったのですか？」

家の外にいる村人たちの視線を背中に感じながら、村長は尋ねた。

村長の疑問はもっともだ。彼らはココの存在を誰かに話したことはない。積極的に隠してきたわけではないが、同時に声高に喧伝《けんでん》したこともなかった。

「すべては神の思し召し。我らの理解の及ばぬことだ」

「な、なるほど、その通りですな」

神官は村長の質問に答えるつもりはないようだった。

神殿は神秘のベールによって覆い隠されていることで、その権威を保っている。田舎の一村長にそのベールの向こう側を覗《のぞ》かせるようなことはしない。

「次の春。若葉が芽吹く頃に迎えの神官を差し向ける。学びは幾年にもなるだろう。日々の生活は学校側が保証するが、最低でも三年は戻ることはできない。きちんとした準備をしておくように」

「……わかりました」

改めてそう告げられてしまえば、村長にうなずく以外の選択肢はない。

神殿に逆らうなど、王家でもなければ不可能なのだ。

「では、あの子をよろしくお願いします」

「無論。女神様に選ばれし者を粗略に扱うことはない。神学校でおおいに学び、あの子どもはより神の僕《しもべ》として成長できるだろう」

果たしてそれは、本当にココのためになるのだろうか。

村の子どもたちを等しく我が孫のように思っている村長は、生まれて初めて神という存在への疑問を抱くのだった。


（うわぁあああああああああっ‼）

両親から神学校への入学を告げられた瞬間、ココはすべてを思い出していた。

まるで神学校という言葉がスイッチになっていたかのように、前回の人生とその最期をはっきりと自覚した。

誰かがそう仕向けたかのような鮮明さでよみがえる数々の記憶。

（うう……きもちわるい……）

自分ではない誰かの人生を流し込まれる不快感。彼女はそれをうつむくことでこらえた。

「ココ、不安かもしれないけど、あなたなら大丈夫よ」

母親はうつむいて黙り込んだココの態度を、神学校入学の不安によるものだと思ったらしい。しっかりとココの体を抱きしめ、落ち着かせるように背中を叩く。

「あなたは神様に選ばれた子。きっと神様が守ってくださるわ」

「そうだぞ、ココ。きっと村にいたらできなかったことも、神学校ならできるはずだ。お父さんも村の外にはほとんど出たことがないから、なにがあるかはわからないけどな」

父親が優しく笑いかけてくる。

それは、幼い我が子の不安を少しでも和らげようとする愛情の表れだろう。

それと同時に――。

（あ、お父さんたちも不安なんだ）

ココは気づいた。

両親の言葉は、そのまま自分たちに向けたものでもあるのだと。

幼い我が子をひとりで送り出さなければならない自分たちの不安を、ココに話しかけることで払拭しようとしているのだ。

「――大丈夫だよ、お父さん、お母さん」

両親が抱いている不安の大きさは、そのままココへの愛情の大きさだ。

それを察したココは母の背中に手を回す。

いつも背負われていた背中が、悲しげに震えている。

「学校でお勉強がんばって、急いで帰ってくるよ。そしたら、また一緒に暮らせるよ」

そうだ。

離れ離れになるとしても、限られた時間にすぎない。

生死という無限にも等しい距離によって隔絶された『前』の自分とは違って、『今』の自分が行く場所はちょっと離れた場所にある学校にすぎない。卒業すれば、またこの場所に戻ってくることができる。

「お勉強したら、村のみんなのためにもなるよ」

「ココ、あなたは本当にいい子ね。でも、絶対に無理はしちゃダメよ」

ぎゅっと少しだけ強い力で抱きしめられ、息が苦しくなる。

（わたしは絶対、ここに帰ってくる。ここにはわたしを必要としてくれる人たちがいるんだ）

「だいじょうぶだよ、お母さん。わたし、がんばるから」

自分を育ててくれた両親への恩返しとか、村の人々への親愛とか、いくらでも理由は並べられる。いくらでも、がんばる動機はある。

だが、その中でも一番大きなものは、ここに戻ってきたいというココ自身の想いだ。

戻ってきて、また一緒に過ごしたいと願っているからだ。

「わたし、がんばって、立派な神官様になるよ」

先の神官の言葉通り、迎えの一行は春にやって来た。

母はこのときまでに何枚も服を縫い上げていた。

それだけではなく、これから体が大きくなるであろうココのために、季節ごとに新しい服を送るつもりだった。

父は馬車の中で食べられるようにと、ココが好きだったドライフルーツを袋いっぱいに入れて持たせたし、ココの友人である子どもたちは再会を祈って花冠を作ってくれた。

誰もが不安そうだった。

村の誰も、神学校が具体的にどのような場所であるのか知らなかったからだ。そんな場所に村の一員をひとりで送り出すことに、不安を抱かないはずはない。

「ココよ、つらいことがあれば、いつでも戻ってきなさい。お前はこの村の子どもなのだからな」

「はい！」

村長の激励の言葉を最後に、ココは馬車に乗り込む。

先ほどの言葉とは裏腹に、村長はココがそう簡単に戻ってくるとは思っていなかった。

ココは強い子どもだ。立ち向かわなければならないときと、逃げなければならないときをきちんと理解している。そんなココが村に戻ってくるようなことがあるとすれば、それは自分たち大人が立ち向かうべきことが起きたときだろう。

神殿差し回しの馬車は長旅のための特別な仕立てで、村にある板張りの荷車とは比べものにならないほどに豪華だった。

（ひえっ、高級車っ）

乗ったことはないが、もしかしたら前の世界にあったリムジンという車はこんな感じだったのかもしれない。ふんわりと体を包み込む椅子に、外に音が漏れないよう、隙間なくぴったりと閉まる扉。窓には分厚いカーテンがかかり、窓ガラスはゆがみひとつない。

（こんな状況じゃなかったら、きっと楽しめたんだろうけど……）

ココはそんなことを思い、少し緊張しながら座席に腰を下ろすと、御者が静かに扉を閉めた。

「………………」

緊張で手が震える。

それを抑え込むために、ココは揃えた膝の上で両手を固く握りしめた。

（まずい、心がこの体に引っ張られる）

『前世』の記憶はあるが、ココとしての人格はこれまでの短い人生で形成されたものだ。いくら別の世界で二十七年の人生を一度経験していたとしても、縁もゆかりもない場所に子どもの身で連れていかれることに不安を抱かないはずがない。

「……ひっく」

こらえきれず、涙が出てくる。

窓から外を見れば、きっと両親と村のみんながいるだろう。だがその姿を見てしまったら、これ以上耐えられない。

「うぐ……ひぐ……」

涙が手の甲に落ちる。

さらに強く拳を握り、唇を噛みしめた。

「出発します」

御者の声と共に、馬車がゆっくりと動きだした。

外から、少しくぐもった両親の声が聞こえてくる。

「ココ！　気をつけてね！　お手紙書くわね！」

「友だち、たくさんつくるんだぞ！　お前はひとりぼっちじゃないんだからな！」

村の人々も、口々にココを励まそうと声をあげている。

「ココちゃん！　芋の収穫が終わったら、送るからね！」

「ココねえちゃん！　がんばれー！」

「なにか困ったことがあったら、わたしかレッドに手紙を出すのよ。ふたりで助けに行ってあげるから！」

「おう！　セラフィの言う通りだ！　任せとけ‼」

声がどんどん遠くなっていく。

胸が締めつけられるように痛み、涙がどんどんあふれてくる。

「みんな……みんなぁ……」

ココは誕生日まであと二週間というこの日、『聖湖畔修道学園』に出発した。

彼女が故郷へと再び戻ってくるのは、まだまだ先のことになるだろう。それほどまでに、彼女の中にある『もの』は、単純ではないのだから。

第二章　聖湖畔修道学園

静謐《せいひつ》な湖畔の傍らに、その学園はあった。

この湖は、はるか昔にひとりの修道者が初めて女神の託宣を受けたとされる聖地で、その修道者によって神殿が創設されたため、このフェルベーツ王国の中にあっていずれの王侯の領地でもなく、神殿の直轄地となっていた。

神殿の直轄地はこの場所ともう一箇所、聖都のみである。

「わぁ……」

馬車の窓から見える湖は、まるでこの世のものではないほどに澄み渡っていた。

水鳥が水面の上を滑空し、それに驚いた魚が飛び跳ねる。そんな光景にココの視線は釘づけだった。

「こんな場所、本当にあるんだ」

前の人生で、はるか遠い異国の風景として目にしたことはあったが、実際にそこに行ったことはなかった。

「なんか、すごいな」

窓の縁《ふち》に手をかけ、背伸びをしてようやく見ることのできる光景。ココはそれを目の当たりにして、ただただすごいという感想を漏らすしかなかった。

（もっとこう、品のある言い方があると思うんだけどな……）

あいにくだが、そんな言葉はまったく出てこない。

今思い浮かんでいる言葉は、「すごい」「キレイ」のふたつだけだった。

「うう……お勉強しないと……」

家族への手紙にできるだけたくさんのことを書きたい。自分がどんな場所にいるのか、どんなことをしているのか伝えたい。そうすれば、きっと両親は心配せずに済むだろう。ココはそんなことを考えながら、馬車に揺られ続けた。

彼女を乗せた馬車が学園の正門に到着したのは、それから三十分後のことだった。


「どうぞ」

御者が扉を開き、その言葉に促されたココは恐る恐る外を見る。

いくつもの巨大な石造りのアーチが連なり、その向こうに、さまざまな様式の飾りが施された巨大な学び舎が見える。

「よいしょ……」

踏み板を使って一歩一歩馬車を降りる。

大人の体ならばさして気に留めることなく下りることができる段差も、ココにとっては細心の注意を払うべき難関だった。

（歩幅が……小さい……‼）

梯子状《はしごじょう》の踏み板に全神経を集中し、馬車から降りる。

御者はその間、顔を伏せて礼の姿勢を崩さない。相手が田舎の農村生まれの子どもであったとしても、それが乗客ならば最上の礼を払う。この上ないほどのプロフェッショナルだ。

そんな御者をココのような田舎の小娘の迎えによこすのだから、神殿というのはとても力のある組織に違いない。

「あと……少し……」

もう少しで地面に爪先が着く。

手すりをしっかりと掴《つか》みながら、ココは足を伸ばそうとした。

ちょうどそのとき、ココと学園正門との間に別の馬車が割り込んだ。

「⁉」

それに驚いたココが足をすべらせ、さらに手すりを掴んでいた手を離してしまった。

「いたぁっ！」

地面に落ちるココ。

御者が驚いて目を見開き、目の前に現れた馬車を見すえる。

彼の職業倫理に照らし合わせると、その馬車の行動はあきらかに礼を失していた。

だが、その馬車に刻まれた紋章に気づくと、彼はあきらめたように頭を振る。

「大丈夫ですか、お嬢さん」

「は、はい」

「では、お立ちください。そしてなるべく早く、学園にお入りください。ここにいては、余計な騒ぎに巻き込まれるかもしれません」

「騒ぎ？」

ココが首をかしげると、目の前の馬車から誰かが降りてくる。

間に馬車があるために顔は見えないが、転んでいたココにはその人物の足先が見えていた。

磨き上げられたかかとの高い靴。

視界の隅をふわふわとしているのは、豪奢なドレスの裾にあるレースだろう。

「ふん、ここがかの高名な学園ね。うちの別荘よりは立派ね。そう思わない？」

「お嬢様、ここは聖なる学び舎でございます。なにかと比較するべき場所ではございません」

若い女性——もしかしたら少女といってもいいかも知れない声と、落ち着いた男性の声。

ココが呆然としている間にそのドレスの足もとは学園の敷地へと進んでいき、やがて視界から消えた。

だが、声だけは聞こえる。

「ベリル様！　お待ちしておりました！　さあ、お荷物をこちらに！」

「かの高名なデンドリティック侯爵家《こうしゃくけ》のご令嬢と一緒に勉学に励むことができるなんて、我が一族末代までの栄誉となるでしょう！」

「ベリル様！」

「ベリル様‼」

「ふふふ、皆様、ここは神聖な学び舎。俗世の肩書などお気になさらず。これからは学友として、共に高め合ってまいりましょう」

「はい！」

「では、学園を案内していただいてよろしいでしょうか？　旅で少し疲れてしまって……」

「お任せください！　すぐに寮にご案内いたします！」

ベリルという人物とその取り巻きらしい声は、騒々しくその場から離れていった。

御者はため息を漏らし、「侯爵家の令嬢ともあろう方が、ここを社交場と勘違いなさっているのだろうか」と頭を振る。

そしてすぐにココを立たせると、荷物を渡して言った。

「ようこそ、神聖なる学び舎へ。君が少しでも健やかに過ごせることを祈っています」

「は、はい！　ここまで連れてきてくれて、本当にありがとうございました！」

御者は深々と頭を下げるココの様子にわずかな笑みを浮かべると、満足そうにうなずいた。

「私も久しぶりに遠出を楽しませてもらいました。さ、お行きなさい。あまり遅くなると、寮監の先生に叱られてしまいますよ」

「はい！」

ココは荷物の詰まった鞄を引きずるようにして、巨大な学園の正門をくぐった。

ルベール村のココ。

ココ・ルベール。

彼女の学園生活が始まる。

◇◇◇

聖湖畔修道学園の名前の通り、元来ここは神の道を修める者を育成するためにつくられた。

だが、時代を下るにつれてその目的は変化していく。

神官の育成は行いつつ、神官候補ではない、ほかの学生も受け入れるようになっていったのだ。

当時の大主教が掲げた神殿改革によって、最初に受け入れたのは王族の子女たち、続いて王家の血を継ぎ、王位継承権を持つ大貴族の子弟。卒業しても神官にならない学生が増えていき、やがては男爵位までの貴族、資格を満たした平民さえも受け入れられた。

「うわぁ……」

学園に併設された学生寮は、ココの村にあるどんな建物よりも大きかった。

神官となる若者だけではなく、王族や貴族などの子弟を住まわせるための寮は、神殿の伝統的建築法で建てられた石造りの建物であり、白い石材を多用した外観はそれを見る者への影響さえも計算されていた。

田舎者のココは設計者の思惑に見事なまでに引っかかり、自分がこれから暮らす場所に対して、あまりにも大きな疎外感を抱いていた。

「わたし、こんなところで暮らすの……？」

（もうお城だよ、これ。学生寮ってこう、もっと小さくて狭いものじゃないの？）

『前世』の記憶にも、当然こんな豪華な学生寮はなかった。少なくとも、彼女が住んでいた場所には存在していなかった。

（あるところにはあるんだなぁ）

柱や欄干に施された浮き彫りは神話の一場面。手入れの行き届いた前庭には女性をかたどった彫像が点在し、それでいて無理に彫刻を鑑賞させようという存在感があるわけでもなく、植物たちと調和している。

「すごいなぁ。お庭の世話、お手伝いさせてくれないかな」

「なかなかおもしろい子ね」

「ひゃあっ！」

誰も聞いていないと思っていた独り言に返事があり、ココは飛び上がるほどに驚いた。

慌てて振り返ると、むすっとした表情の老婆がココを見下ろしていた。

「ここの庭が誰の作品なのか、知っているのか？」

「い、いいいえ、知らないです」

「……知らずに大言を吐いたと思うべきか、それとも知らずに本質を見抜いたと見るべきか。あなた、新入生か？」

「はい、そうです。ルベール村からきた、ココです」

「ふん」

老婆の服装は、学園の教師陣がまとうローブだった。だが、神官が身につける白いローブではなく、黒を基調としたものだ。

（もしかして、神官様じゃない？）

老婆は手にしていた杖を庭の方へ向けると、ココに言った。

「ルベールといえば、あちらか」

「知ってるんですか⁉」

ココは再び飛び上がるように驚いた。

こんな遠い場所で故郷を知っている人に出会えるとは思っていなかった。

両親から引き離され、不安に満ちていたココにとって望外の展開だった。もしかしたら、村の近くの出身なのかもしれない。しかし、老婆が続けた言葉に、ココは肩を落とす。

「名前だけだ。研究のために、この国の土地はひと通り覚えている」

「そうだったんですか……」

「あのあたりは私の興味を引くようなものはなにもない。行ったことはないよ」

「あの、お婆さんは、ここの先生なんですか？」

「ああ、そうだ。もっとも、神官ではなく魔導師になる。いちおう、教授の位階をもらっているが」

「まどうし？」

「魔導師を知らないのか？」

「え、ええと、その……」

ココは迷った。

（魔導師って珍しいのかな？　前世の記憶だとファンタジーっぽいゲームの中なら、魔導師は普通にいたけど、こっちの世界ではまだ会ったことないよね？）

どう説明したらいいのかと悩んでいると、老婆はココの態度を無知からくる無言だと思ったらしい。小さくため息をつくと、杖で石畳をコツンと突き、口を開いた。

「田舎から出てきたばかりの子どもなんだから、知らなくても怒りはしない。魔導師というのは、普通の人間よりも強い魔法が使える連中のことだ」

老婆は続ける。

「詳しいことはこれから覚えるように。私の講義を受けるなら、いくらでも教えてやろう。もっともあなたが受講資格を得られるほどに優秀ならだが」

老婆はそう言うと、庭園を抜ける脇道へと進み、やがて背の高い植木の向こうに姿を消した。

「なんか、すごそうな人だったなぁ」

ココは老婆の消えた方角をしばらく眺めていたが、やがて自分の目的を思い出すと、小動物のような動きで学生寮の中へと入っていった。

ココが寮の職員に自室への道を聞いていた頃、学生寮の上級生女子棟にある談話室で、学生たちが雑談に興じていた。

新たな学年が始まる時期、寮のさまざまな場所で似たような光景が見られる。

「今年入学される方々、〝加護〟をお持ちの方が例年よりも多いそうですわ」

「まあ、では去年のようなことにはならないのですね」

「去年の『聖女託宣』はひどい結果でしたものね」

「ええ、まさか十二人も候補者がいて、実際に聖女の託宣を受けられたのが、たったおひとりですもの」

「そのおひとりも、『白詰草《しろつめくさ》』の聖女ですものね。かの『赤薔薇』、『白薔薇』から続く花の聖女の系譜も、ここまで落ちてしまったと先生方もお嘆きでした」

「それでも託宣を受けられたのですから、まだいいでしょう。託宣から漏れた方々は、卒業式を待たずに学園から去ったのですから」

女子学生たちは、先輩である昨年の卒業生たちへの侮蔑を隠そうともしない。

それだけ、彼女たちが受けた衝撃は大きかったのだ。

「今年以降は候補者の数を絞り込み、ひとりひとりの能力をより重視すると聞きます」

「その方がいいでしょうね。いくら大貴族の血筋とはいえ、それだけで聖女の候補者になっては、昨年のような事態になってしまいますもの。王家の血も、女神様の託宣の前では……ねぇ」

王族には複数の聖女の血が流れている。

その王族から分かたれた大貴族出身の候補者が期待されるのも当然のことだが、近年はその期待が大きくなりすぎているのかもしれない。

「貴族の血筋といえば、お聞きになりましたか？　今年の新入生に、あのデンドリティック侯爵家のお嬢様がいらっしゃるそうですよ」

「デンドリティック家？　あの『白金』の聖女様の血筋ですの？」

「ええ、しかも『白金』の魔女モルガナ様の直系で、さらにモルガナ様と似た〝加護〟をお持ちだとか」

「まあ、それならもう、聖女の託宣は授かったも同然ではありませんか！」

「ええ、お父様から、ぜひともお近づきになっておくようにとの言伝《ことづて》もございます。たとえ聖女とならずとも、あのデンドリティック家の方ですもの、ぜひお友だちにならなくては」

神官を育成するための場所として創設されたこの学園も、俗世とは無縁ではいられなかった。今まさに行われていた彼女たちの会話こそ、その証拠だった。

この学園の学生は、いくつかに分けられる。

ひとつめは神官を目指す神学生。これは学園創設の目的である、神に仕えるために神学を修める者たちだ。

ふたつめは魔導師を志す魔法学生。かつて組織としての神殿は、神ではなく人がつくり出した魔法を禁忌とし、それを封じようとしていた時期がある。

当時の神殿は各地から魔導書を集め、それを安全に封印するために魔法を研究していたが、やがて魔法という重要な技術を奪われた俗世――王国のみならず、諸外国の反発さえあった――に屈する形で魔法は解禁される。しかし、神殿は魔法という力が自分たちの制御を離れることを恐れ、学園に優秀な魔法の使い手、すなわち魔導師を育成する部門を創設し、その教育も行うようになった。

三つめは王侯の子弟。家の命令で学園にやって来るため、彼ら自身は神官と魔導師、どちらかを目指すという意識は乏しいが、今では最も数の多い学生だ。

そして彼らは聖湖畔修道学園という最高の学府を卒業したという箔をつけるために、膨大な寄付金と共にやって来る学生たちでもあった。

世俗にどっぷりと浸かった神官たちにとっては最もありがたい学生たちであると同時に、神に仕え、その意思を紐解《ひもと》くことをなによりも重視する神官たちにとっては、最も忌むべき者たちだ。

では、ココはどこに属するか。

この三つのどれでもない、第四の分類になる。

それは、神殿が選んだ特待生。

〝加護〟を持ちながら、それを活用する伝手も手段も持たない子どもたちを、優れた才能を持つ神官として神殿に取り込むための制度だ。

その希少さゆえに毎年必ずいるとは限らず、同時に神殿も彼らの存在を積極的に公にしようとはしないため、学生のほとんどがその存在さえ忘れ去っているようなグループに、ココは属していた。

ココが辺境の農村の、さらにはさほど実入りの多くない農家の娘であるにもかかわらず、ここに入学できたのは、そうした理由からだった。

もっとも、本人はそうした事情など知らず、ようやく寮の自室にたどり着いたところだった。

「ふかふかだー‼」

ココが案内されたのは、初年女子棟の片隅にあるふたり部屋だった。

机とベッド、かなり大きめのクローゼットには、学園で着用する制服が一式揃えられていた。

寮の自室以外の学園の敷地にいる限り、学生は学園から支給された衣服を着用することになっている。王侯だからと豪奢な衣裳を着ることはできないし、ココのような貧乏学生であってもみすぼらしい姿になることはない。

学園にいる限り、建前上学生は等しく扱われる。支給された衣服以外の着用を禁止した規則はその表れだった。

「あれ？　もしかして……うわ、これ絹だ」

続いてベッドの枕に顔を埋めていたココは、なじみのない感触に顔を上げ、再び顔を押しつけ、ぐりぐりと動かし、やがて枕とシーツの素材が絹であることに気づいた。

「こ、これ汚したら怒られるかな……」

そろりそろりとベッドから下り、床で正座するココ。

先ほどまで楽しく跳ねていたベッドなのに、価値に気づいてしまったがゆえに近寄りがたさを感じてしまう。

それも仕方のないことだった。

ココの家にあるベッドは大きな袋にわらを詰めて木枠にはめ込んだもので、見た目は単なる木箱。目の前のベッドのような脚もない代物だった。

（よく見たら、部屋中似たような雰囲気の家具ばかり……もしかして、全部高級品⁉︎）

「…………」

じりじりと部屋の中心へと移動するココ。

どこかに傷でもつけたら、弁償させられてしまうかもしれない。そう思い、せめてどこにも接触しないようにと移動したのだ。

「…………」

そして、身動きができなくなる。

「……うう……」

故郷から遠く離れた場所で、これまでの生活で接したことのないような高級品に囲まれ、ココは少しだけ収まっていた不安がムクムクと大きくなるのを感じた。

ここは自分が来るような場所ではなかった。

「う……うう〜〜……」

こらえていた涙が、少しずつあふれてくる。

両手を握りしめ、口を固く引き結んで嗚咽《おえつ》を抑え込んだ。

そのとき、背後の扉が大きな音と共に開かれた。

「たーだいまー！」

よく通る声が、ココの体を突き抜けていく。

「‼」

驚いたココが、座った姿勢のまま少しだけ飛び上がった。

「お、あんたがウチの同居人か！　よろしうなって……」

闖入者《ちんにゅうしゃ》はココの前に回り込むと、にこやかに右手を差し出してくる。

肩口までの茶色い髪と、笑みをたたえた緑の瞳。

快活な印象そのままの表情を浮かべていたその少女は、ココの様子に気づくと驚きに目を見開いた。

「うわあっ、なんやどうしたんや、なんで泣いてるん？　ウチか？　ウチが驚かせてしもうたんか？　ごめん、ごめんて‼　だから泣かんといて‼」

「ちが……」

ココの言葉も聞かず、少女はココを抱きしめる。

「口うるさいおとんからようやく離れられて、舞い上がっとったんや！　いや、ここんところずっと舞い上がってて、いつまでやっとるんやーってなもんやけども！　もうせんから堪忍してくれ！」

怒濤の勢いで言い訳を口にしながら、彼女はココを抱きしめる。

「もごご……」

「あんのおとんときたら、西方商人は口が回らんとあかんいうて、まともにおしめも取れない頃から店番させたり、買い出しに行ってこいってひとりで船に乗せたりしたんやで？　ありえんやろ⁉」

「もがが……」

「そうか、そうか、あんたはわかってくれるか！　やっぱり同世代ならわかってくれるよなぁ！」

「うう〜〜……」

ココはあきらめた。

少女は次から次へと、自分の父親への不満を持ち出しては文句を吐き出し、ココに同意を求めてくる。

口を塞がれているココにはまともな返事はできなかったが、少女にはまったく関係ないらしい。

そのまましばらく少女の独壇場は続き、彼女が喉の渇きに気づくまで、ココは少女の胸に押しつけられたままだった。

「いやぁ、すまんすまん。ここ半月、ずっとひとり部屋で話し相手もろくにおらんかったから、つい止まらなくなってしまったわ」

「ううん、だいじょうぶだよ」

「あはは、次からは気をつけるわ。で、あんたどこのどなたさん？　ウチはザクロ、ザクロ・イワミ。王都の生まれや」

「わたしはココ」

「ココ、ココ、うん、わかりやすくて、さらにかわいい名前や！　ウチとは大違い‼」

「そんなことないと思うけど……」

（ザクロって、あのザクロだよね。ちょっと珍しいけど、女の子に果物の名前つけるのは珍しくない……よね？）

「いやいや、おかしいって！　商人ならまずはハッタリ利かさんとあかんいうて、こんなゴツい名前にしたんやで⁉」

「それも、お父さんが？」

「そうや！　あのアホおとんや！」

自分のベッドから枕を持ち出し、床に叩きつけるザクロ。

ぼふんぼふんと鈍い音が部屋に響く。

「爺《じい》さんの時代に王国に来て、王国の商人どもと切った張ったの大騒ぎをしてようやく身代をでかくしたって！　ウチには関係ないやろ！　跡取りは兄ちゃんがいるし、弟だってふたりもおるんやぞ！」

「うんうん、大変だね」

「ほんまに大変やった！　ここに来るためにめちゃくそ勉強して、魔法覚えたら商売に役立つからって爺さん説得して、おとんを黙らせてもろたんや。ほんま、爺さんには足向けて寝れへんわ。まあこの部屋だと、足の方向に爺さんの家あるけど。あっはっはっはっは！」

大笑いするザクロ。

ココはその姿に引っ張られるようにして、小さく笑った。

「あははは」

「お、ええやんか、そんな感じでこれからも頼むわ。にしても、ココっていくつ？　ウチよりも小さいけど……」

「七歳だよ。もうすぐ八歳になるけど」

「七⁉　いや、普通ならもっと年いってから……そうか、もしかしてあんたが、今年珍しく神殿が連れてきたっていう特待生かぁ！」

ザクロは少しの間考え込み、すぐに答えを導き出したらしい。

自分のベッドの下から厚紙でできた箱を取り出すと、ノートらしいものにココの名前を書きつけた。

「これでよし、と」

「なにしてるの？」

「どこに商売の種が転がってるかわからんからな、こうやっていろいろメモしとるんや」

「メモが、なんでベッドの下？」

「これがウチにとって、一番価値があるものなんや。価値のあるものなら、きちんと隠しとかんと」

ベッドの下が安全な隠し場所なのかはともかくとして、ザクロはノートに書いてある内容を得意気に話し始めた。

「こっちは学園で足りないって言われてる化粧品一覧で、こっちは先生方が使ってるチョークの種類。で、こっちが最近貴族のお嬢様たちの間で流行ってる香水の銘柄や」

ページごとに分類された品物の名前は、ココにはなじみのないものばかりだった。

だが、その文字の並びがキレイに整理されていることはわかる。おそらく分類済みなのだろう。

「いっぱい書いてあるね」

「これが全部役に立つかはわからんけど、どんな商売でもこういう小さな情報の積み重ねが大事なんやで。うちの爺さんが店を大きくしたのも、街で聞いた噂話で、その年に小麦が不作になるかもしれないって思ったからや。そんで、遠くの国から小麦を輸入して、高く売りさばいたんやね」

ザクロの実家は、どうやら貿易を行う商会らしい。諸外国との取引も多く、王国の大店としては珍しく、貴族に対して必要以上におもねることもしない。

「とにかく、同室のよしみでいろいろ安くするから、なにか必要なものがあったら言うてな?」

「ありがとう、でもお金持ってないから……」

「なんや、そうなんか?　いや、たしかに特待生ならそういうこともあると思うけど、本当に持ってないんか?」

「うん、特別な準備はなにもいらないから、次の年からすぐに学園に行くようにって言われたんだ」

「ふーん、なんやずいぶんせわしいな。しかも七歳やろ?　なんでそんな焦っとるんや?　いくら特待生やからって、そこまで期待してるなら地元の神殿で勉強させればええし……」

ザクロはうーんと天井を仰ぎ、ゆらゆらと体を揺らす。

あぐらの姿勢のまま揺れるザクロは、やがて頭を振ってココに向きなおった。

「あのさ、たぶんこれ聞くのすんごい失礼なことやと思うんやけど……」

「なあに?」

「もしかしてココって、〝加護〟持ってる?」

「うん」

「そうやろな、そう簡単に教えられんよな、わかっとるわかっとる、そりゃ初対面の奴に――って、教えるんかい!!」

ずびしぃっと風が鳴り、ザクロの右の平手が繰り出される。枕に。

「ココ！　聞いたウチが言うのもなんやけど、〝加護〟については普通の奴に聞かれても答えたらあかん！」

「な、なんで？」

「〝加護〟っちゅうんは、まったくないほどじゃないけど、珍しいことは珍しいものなんや。それも使える〝加護〟ってのはさらに少なくなる。神殿の人が慌てて連れてきたってことは、ココの〝加護〟は間違いなく、使える方のもんや。できるだけ隠しといた方がええ。少なくとも、しばらくの間は」

よくわからないという表情のココに、ザクロは全身を使って力説する。

〝加護〟の中で利用価値が高いものは、大抵の場合は金になる。直接金を生み出すようなことはできなくとも、使い方次第でいくらでも富をつくり出すことができるのが〝加護〟だ。

不思議な力を持った子どもの噂が流れた後、その子どもが行方知れずになることなど、古今東西枚挙に暇がない。

ザクロはココの両手を握り、真剣な眼差《まなざ》しでココの青色の瞳を見つめた。

「ええか、ココ。ウチがココの噂を知ってたんは、ウチがいろいろ調べて回ってたからや。普通の学生はそんなこと知らん。学園側が秘密にしてるからや。なんで秘密にしてるか、わかるよな？」

「——あぶないから？」

「そうや、危ないんや。世間のことなんもしらん子どもが、なんや特別な力を持ってるなんて、誰にとっても危ないことなんや。ええか、絶対に自分のことほかの人に話したらあかん。ウチも誰にも言わんから」

「う、うん」

「約束やで」

「わかった、約束だね」

ザクロがなぜここまで念を押すのか、ココには理解できなかった。

（すごく恥ずかしいことってわけでもないと思うけど、そういう文化があるのかな）

ココの〝加護〟は、まだその正体がわかっていない。

〝加護〟の本質は神にしかわからず、人々はその断片から想像するしかないからだ。

だがそれでも、神殿がココをこの学園に連れてきたという事実だけで、ある程度の推測はできる。

（この子の〝加護〟、間違いなくどえらい金が動くやつや。変なことに巻き込まれたら、一生お日様の下に出られんことになってしまうで）

ザクロは学園が自分とココを同室にした理由が、なんとなく想像できた。

貴族と同室ならばココはその貴族の召使いのように扱われ、その関係は学園を出てからも続くかもしれない。さりとて神殿が積極的に取り込もうとすれば、王国側から横槍が入る可能性がある。

（穏当なのは貴族の坊ちゃんの婚約者とか愛人とかやな。いや、加護の内容次第じゃ貴族同士の喧嘩《けんか》の種になるかもしれんし、加護をそういう喧嘩の種にしたってことになれば、神殿も黙ってるわけにはいかなくなるし……こりゃあ厄介や）

「その点、ウチなら、紐づかんもんなぁ」

「え？　なに？」

「いやいや、爺さんやおとんが王国商人と距離取ってたのが、こんなところで役に立つとは思わんかったんや」

「？？？」

ココはザクロの言葉の意味がわからないらしく、小さく首をかしげる。

その仕草を見て、ザクロは再びココを抱きしめた。

「気にせんでええ！　こっちの話や！　はー、やわらかい髪やなぁ、こりゃきちんと手入れせんと台無しや、よし、お姉ちゃんが櫛通したるからな！」

クローゼットに駆け寄り、髪の手入れ道具を取り出すザクロ。

ココはその勢いに押されっぱなしのまま、学園の初日を過ごすことになるのだった。

ザクロは張りきって寮の案内をしてくれた。

「ウチらは下級生やから、上の方はあんまり行かん方がええ。談話室とか喫茶室とか、いろいろ便利な部屋があるんやけど、大抵は上級生が使っとるんや。共用の場所やし、使ってダメなことはないんやけど、まあ、上級生に知り合いがいるってわけでもないなら、近づかん方が安全や」

立て板に水を流すようになめらかなザクロの説明は、彼女が到着してからの半月の間で、この寮を徹底的に調べ尽くしたことの証だろう。

ココはザクロの説明に、相鎚を打つだけでよかった。

「なんせ、上級生の噂話はどうにもこうにも、お偉いさんの醜聞みたいなのも混じっとる。知らん方が安全ってもんや。特にココみたいななんの後ろ盾もないような子だと、本当になにされるかわかったもんやないで」

「うん」

「下級生が集まってるのは、だいたい図書室とかや。あとは自分の部屋に友だち呼んでおしゃべりしたりするのが、普通の学生の過ごし方になるかな。ウチの場合は、そういうところに呼ばれたりすることもあるけど、適当にブラブラしてもうけ話の種探してるで」

特待生の情報も、その中で手に入れたということだ。

（どこの世界にも、情報通っているんだなぁ）

ある程度の規模を持つ組織には、なぜかその組織の情報に詳しい者がいる。

自発的に情報を集めている者もいるが、情報の方が勝手に向こうからやって来る者もいた。

ザクロは前者、自分で情報を集めるタイプの人間だった。

「食堂は結構広いんやけど、こっちもやっぱり同じ年の人たちが集まって食べることが多いみたいや。とりあえず、ウチと一緒にいれば大丈夫やで」

「ありがとう、ザクロ」

「気にせんといてや。ウチな、小さい子の面倒見るの好きなんや。弟がいるって話したやろ？その子らの面倒見てたのも、ウチなんやで」

「お父さんとお母さんは？」

「おとんは仕事や、おかんはあんまり体が丈夫じゃないせいで、むちゃできへんねん」

廊下を歩きながら快活に話し続けていたザクロだが、母親の話をするときだけは寂しそうに目を伏せた。

「ウチの髪、おかんとお揃いやねん。で、髪はよう似とるけど、体が弱いところは似なくてよかったーってな。いつも言うとった。ウチ、それが悲しくて、魔法覚えようと思ったんや」

（そうか、この世界のお医者さんは魔法使いの人なんだ）

ココはこの世界の常識をひとつ知った。

村では医者という職業はなく、村はずれに住む老婆が薬草を煎じては調合し、それを薬として村人に分け与えていた。

ココも小さかった頃に発熱した際、彼女の苦い薬草のおかげで命拾いしたことがあった。

（すごく苦くて、一週間以上口の中がイガイガしてたけど……）

今から思えば、あれがまさに良薬口に苦しという言葉の証明だったのかもしれない。ただ、次からは苦くない良薬を飲みたいと思う。

「ここで勉強すると、お医者さんにもなれるんだね」

「うんと勉強しないとダメらしいけどな。でも、この国最高の医者はこの学園を卒業した魔導師や。どんな勉強かて、ウチの天才的な頭脳でなんとかしたるわ。これでもおとんより売上の計算速いんやで？」

「すごいね！」

「せやで！　ウチはすごいんや！　だからなにか困ったことがあったら、ウチに言うんやで？」

「いいの？」

「いいに決まっとるやろ。同室のよしみってこともあるけど、実は妹がずっと欲しくてなぁ、ココが妹やったらきっと楽しいと思うねん。ほら、ウチ十二歳やし、ココよりもお姉さんやろ？　どうや？　ウチのことお姉さんにせえへんか？」

それはザクロの本心であると同時に、気遣いでもあった。

ココに必要なのは友人と、そしてなによりも家族だと思ったからだ。

自分よりも幼い少女が、たったひとりの寂しさに耐えている状況など、ザクロは放置できなかった。今まで接してきた大人たちは皆、決して完璧な人々ではなかったが、子どもの自分をひとりで放り出したりはしなかった。必ず誰かがそばにいてくれた。

ならば、自分もそうしようとザクロは思っていた。

「おかんもよく言ってたわ。ウチのことはおかんたちが守ったる、だからウチは、ウチよりも小さい子のことを守ってやれって。それが西方人の心意気なんやて」

自分の家族のことを話すとき、ザクロはとても誇らしげだ。

「はい、次は洗濯室やでー」

「わぁ、広いね！」

「一応、頼めば寮の人が全部洗ってくれるんやけど、中には自分の身につけるものは自分で洗いたいって人もいるからな。そういう人がここを使うんや。あっちの扉の向こうに、物干し台があるで」

洗濯室には、いくつもの洗い台が設置されていた。

壁際にはココがすっぽりと入ってしまいそうなガラスの筒――魔法洗濯機がいくつも並んでいる。

「ココは洗濯どうするんや？　なんなら、ウチが一緒に洗ってもええよ？　洗剤はひとり分もふたり分も使う量あんまり変わらんし。同じ部屋なら、同じタイミングで洗った方が都合ええやろ」

ザクロは魔法洗濯機をばんばん叩きながら言った。

ココの身長では、洗濯機の中に手が届かないだろう。それに、万が一落ちたら大変なことになる。

「でも、ザクロに悪いよ」

「気にせんでええって！　毎日着る制服は形崩れが怖いから寮の人に任せるし！　形が崩れた制服着て先生に睨《にら》まれたら、いろいろ困るし」

「そうだねぇ」

（うんうん、怖い先生に睨まれたら、これからの学園生活が一気につらくなっちゃうもんね）

この学園でも一度睨まれたら最後、要注意学生として卒業まで監視対象となる可能性が高い。

抑止という目的もあるとはいえ、問題を起こさない学生を含めたすべての学生を監視するのはあまりにも労力がかかりすぎる。そのため、問題を起こす可能性の高い学生を重点的に監視するのは、効率の面から考えてもなんら不思議なことではないのだ。

学生側からすれば、たった一度の過ちで学園での生活を棒に振る羽目になるわけだが、実際に問題を起こしてしまったとすれば、文句を言うこともできないだろう。

「そうは言うても、貴族のお坊ちゃんやお嬢ちゃんは、あんまり気にせんけどな。あの子らにとっちゃ学園なんて箔付けのための道具みたいなもんやし。それでもやりすぎると後々の評判まで響くから、多少はおとなしくなるけど。でもなココ、そういうこと気にしない奴もいるといえばいるんや。跳ねっ返りってやつや。そういう連中はほんま始末に負えんで」

洗濯室を出て、ふたりは階段を上る。

途中、何人もの学生とすれ違うが、出身の違いは態度にも出ていた。

「ごきげんよう」

そう言って頭を下げ、横を通り抜けるのは、下級貴族出身の令嬢だ。

下級とはいえきちんとした教育を家で受けていたのか、あきらかに平民出身者とわかるココとザクロを相手にしたときも、ほかの学生と扱いを変えるようなことはしなかった。

「ごめん、横通るね！」

そう言って走り抜けていった学生は、ザクロと同じ平民の商家出身者だった。

ハキハキとしたしゃべり方と、市井《しせい》で流行っている髪型でそれは簡単に推測できる。

貴族と平民では、流行の髪型や服装に違いが出るため、こうした要素をきちんと調べておけば、外見だけでも身分を推測することができるのだ。

「……………」

黙ったまま、会釈をして通り抜けたのは、おそらくどこかの神殿に併設された寄宿学校の出身者だろう。

その生まれがどの身分であっても、寄宿学校出身者は必要以上にしゃべることがない。神の膝もとでは沈黙を美徳とし、常に神の声に耳を傾けるべしというのが、そうした学校の教育方針だからだ。

この学園も神殿の一部と考えれば、彼らの行動は理解できる。しかし、同じ沈黙を自らに課している者には別の出自を持つ人々もいる。

「…………」

半ば威圧するような態度でふたりを退かせたのは、あきらかに貴族出身とわかる女性だった。それもかなりの上級貴族の生まれだろう。

学園から支給されている制服を着ていても、身につけているアクセサリーなどは最高級品を揃えていたし、自分が道を譲ろうなどとはまるで考えていないような態度は、これまで受けてきた教育の結果だろう。

それでも必要以上に身分をひけらかさないだけ、彼女たちはマシだとザクロは言う。本当に面倒な貴族出身者というのは、いつ、どこであっても自分より身分の低い者は自分を崇め奉るべきと思っているような連中だ、と。

「ほら、来たで。ココ、頭下げて舌でも出しとき」

「うん、わかった。――って、舌⁉」

ココがザクロの言葉に戸惑っている間に、上階から下りてきた上級生の一団が踊り場の隅に引っ込んだココたちの前を通過していく。

「ユークレイス様、今度の長期休暇、当家の別荘にいらっしゃいませんか？　兄が南方より連れ帰ってきた新しい使用人が、珍しい料理を作れますの」

「南方？　どこかの蛮地ですか？」

「いえ、そのような場所ではありませんわ。海洋帝国の出身です。いろいろと香辛料も揃えましたし、ぜひいらしてくださいな」

「そういうことなら、お邪魔いたしますわ。南の方は冬でも暖かいですし、そのときにでも伺います」

「ええ、お待ちしております。皆様も、よろしければぜひいらしてくださいな！」

「ありがとうございます！　ぜひ！」

「当家の船も回しますわ！　今年改装したばかりで、舞踏会も開けますの！　魔法のおかげでまったく揺れませんから、満天の星の下で、意中の方と踊ることもできますわよ」

「あら、素敵。じゃあ、殿方も誘わないといけませんね」

「そういえば、コロナド伯爵家《はくしゃくけ》の嫡男の方が……」

令嬢たちの集団が騒々しく通り過ぎていく。彼女たちはココたちなど目に入らないかのような態度で、ザクロが舌を出していてもまったく気づいた様子はなかった。

「ああいう連中も当然いるってことや。いうて、貴族同士集まってなにかしてるのが常やし、あんまり面倒なことはないんやけどな。たまーにウチらみたいな平民を召し使いかなんかと勘違いしてこき使おうとする奴もおるけど、そういうのは滅多におらんし、気にせんでもええやろ」

ザクロはそう言って笑う。

実際、学園でそうした無法を行う者は多くない。

たしかにすべての身分の者が同じ学生という身分になっている以上、そうした力関係が発生することは考えられるが、貴族は同じ貴族の目を気にする。平民をいたぶって悦に入《い》っていたなどという評価を与えられてしまえば、貴族社会ではマイナスに働く。

同じ価値観の貴族ばかりならばいいが、貴族の中にもさまざまな価値観を持つ者がいるのだ。平民は自分たちが守るべき弱者であると考える貴族もいるし、単純に他者を蔑むような者との付き合いはリスクにしかならないと判断する者もいる。

そういった理由もあり、大抵の貴族の家では学園でほかの学生に対して無体な真似をしないようにと子弟に教育を行う。それが家の名誉にとって必要なことだからだ。

「とはいっても、どこにもそういうの気にせん奴はおるし、貴族には近づかんのが一番やで。友だちが欲しいなら、ウチの友だちに紹介したるから」

「いいの？」

「いいに決まっとるやろ！　いつもウチが一緒にいるわけにもいかんし、ココが変なところに行かんよう、ちゃんと見ててもらわんとな」

「もうザクロ、わたしそんなに小さな子どもじゃないよ？」

「なに言うとるんや！　こんなに小さいやろ！」

ザクロはココの頭をぐいぐいと回す。

ココの身長は、ザクロの肩ほどまでしかなかった。

子どもの頃の五年の差は、絶望的なまでに遠い。

「今の時間帯なら、この辺りにいると思うんやけどな……あ、いたいた！　おーい、みんな！

新入り連れてきたでー！」

廊下の一角にある談話スペースで、女子のグループがおしゃべりをしている。

ザクロはココの両肩を掴んで前に押しやりながら、そのグループに近づいていく。

「ザクロ？　あなたの家、誘拐のお仕事までするの？」

「実はそうなんや、この子はうちの新商品やで！　かわいいやろ！」

「わぁ、小っちゃい！　あなた、どこの子？　お菓子、どれ食べたい？」

「椅子にクッション置かないと、高さが合わないわね。ちょっと部屋から持ってくるわ」

「ついでにジュースも持ってきてよ。お茶よりもそっちの方がいいわ」

「わかった！」

ココがなにかを言う前に、女子グループは行動を開始する。

その様子に目を白黒させるココに、ザクロは言った。

「ほら、みんなええ子やろ？　生まれはいろいろやけど、気にせんでええで」

「ザクロ！　その子を独り占めしないでよ！」

「ほらほら、こっちに連れてきて！」

「わかっとるって！」

「わわわわ……」

（じ、自己紹介もできない……！）

この扱いは、貴族に対しての扱いではない。赤ん坊とか、小さな子どもに対するそれだった。

ココが戸惑っている間に、彼女たちはココの座る椅子にクッションを置き、その上にココを座らせる。これで高さはちょうどよかった。

続いてココの膝の上にナプキン、テーブルの上にはプレースマットを敷くと、ケーキやジュースなどを次々と並べていった。

結局ココが自分の名前を言えたのは、それからずいぶん経った後のことだった。

女子たちが次から次へと新しいお菓子を持ってきては、ココに勧めたからだ。

ココは気遣いを無駄にするまいとお菓子を次から次へと平らげ、やがて満腹になったことでこの騒ぎは終わった。


そうして学園の中になじみ始めたある日、ココはこれまでクローゼットの中に仕舞い込んだままだった荷物を引っ張り出した。

一番大きな鞄から取り出したのは、家から持ってきた細工道具一式だ。

「そろそろ時間も取れるようになってきたし、なにか作ろうかな」

そう言ってみたものの、選択肢はほとんどない。

家から持ってきたものは、それこそ小さなココが持ち込めるような最低限の道具だけだ。

作業は勉強机をそのまま使うとしても、金槌、数種類のペンチとヤスリ、素材を挟んで固定するための万力と、孔開《あなあ》けのみではできることは限られている。

そうなると、細工単独ではなく、刺繍などと組み合わせるのがいいかもしれない。刺繍の材料に関しては、貴族令嬢が多いこともあって、学園内でも比較的簡単に手に入れることができる。

練習用とされているような安価な布と糸でも、刺繍次第ではかなり見栄えのいいものになるはずだ。

「金糸とか、ぜったい高そう」

ココはとりあえず安く手に入る布と糸を買うため、部屋を出た。

その直後に帰ってきたザクロが、ココの机の上に広げられた道具に気づき、やがて自分の繕い物を頼み込むまで、さほど時間はかからなかった。

第三章　販路拡大!?　ココ商店！

ココが学園にやって来て、およそ半年の時間が過ぎていた。

学園での授業は非常に専門的だ。

大抵の学生は、どのような形であるにせよ初等教育を終えている。

ならば学園の勉強は、それを前提としているのが当然だ。

「ひえ……」

講師が手を振るたび、教科書として与えられた薄い水晶板に、次から次へと文字や図形が浮かぶ。

「この魔法の基礎理論は、約五百年前に確立されたもので、基礎魔法の中では比較的新しい部類に入る。そのためまだまだ改良の余地があり、各国で研究が盛んに行われている分野だ。君たちも成果次第では、この分野の研究で名を残すこともできるかもしれない。逆にこの分野の研究者を後援することで、名誉を得ることも可能だろう」

（タブレットみたいなものかな。って、現実逃避してる場合じゃない！　ど、どうしよう！　難しい文字、全然わかんない‼）

ココは、窮地に陥っていた。

文字が一部、理解できないのだ。

数字や作物の名前などは、村で親や村長に教わっていた。村で過ごすだけならば、それで十分だったのだ。

しかし、村の外に出ると、それだけでは足りない。

学園で過ごしていくとなれば、さらに専門的な言葉も覚えなければならないのだ。

(言ってることはわかるんだけど、どの文字がどの言葉なんだろう……)

『前世』の記憶のおかげで、言葉の意味は理解できる。

しかし、この世界の文字と言葉を突き合わせるのは、簡単なことではなかった。

「うう……」

「ココ、大丈夫か？　どの文字がわからんのや」

「これと、これ」

「これは基礎、こっちは応用や。今日、授業終わったら一緒に復習しような」

「うん、ありがとう」

「同室なんやから、当然やろ。気にすんなって」

そんな状況で最も頼りになるのは、やはりというか同室の友人であるザクロだった。

彼女はココの状況を、単に年齢の低さが招いたものであると認識していたが、ココにとってはありがたい勘違いだった。

そして、今の年齢で学園にきたことがある意味で幸運だったと思い始めてもいた。

もしもザクロと同じ年齢でここに来ていたら、文字を知らないことを田舎者ゆえと思われ、嘲笑の対象となっていただろう。だが、今の年齢ならば、単純に年のせいだと思ってもらえる。

小さな子どもが無知で世間を知らずとも、誰も不思議に思わない。むしろ、そうした知識を持たないままこんな場所に連れてこられたのだと同情さえしてもらえる。

「おっと、先生こっち見とるわ。静かにせんとな」

「あ、ごめんね」

講師は講義の手を止めずに、ふたりに視線を向けていた。

普通の学生相手であれば名指しで注意をするところだろう。だが、ココが相手ということもあって、ザクロがおしゃべりに興じているわけではないとわかっているため、ただ視線で注意を促すにとどまっていた。

教師陣としては、ココに合わせた授業をするわけにもいかないが、特待生である彼女が授業から取り残されても困る。そうなると、たとえ授業中であっても、ザクロに逐次フォローしてもらった方が都合がいい。

特待生であるココの扱いは普通の学生とは違うものの、おおっぴらに特別扱いするわけにもいかないのだ。

「では、こちらの計算式を解いてもらおう」

講師はふたつの数式を黒板に記し、学生たちに示した。

双方とも、空気中のマナの増減に関する数式だ。

「イワミとグロシュラー、やってみろ」

「うえっ⁉　ウチ⁉」

ザクロは慌てて手もとのメモと水晶板を見比べる。

ココの面倒を見ていようが、特別扱いは期待できない。学生の本分は勉学にある以上、それは仕方のないことだ。

「――アカン、半分くらいわからん。最初の部分だけでもわかれば、あとはその場で計算できるんやけど……」

「ザクロ、この公式使って」

ココが示したのは、黒板にも記載がない数式だった。

「これ、魔法薬学の授業で使ったやつやんか。大丈夫なんか？」

「うん、大丈夫」

「よっしゃ、ココがそう言うならいけるやろ。やったるでー！」

意気揚々と前に出るザクロ。

ココは自分の手もとでも試算し、きちんと答えが出ることを確認する。

（文字はダメだけど、やっぱり計算ならなんとかなる）

前世の記憶の大半は役に立たないものになってしまったが、計算方法についてはかなりの部分で応用することができていた。

「イワミ、なぜこの計算式を使った？」

「いやぁ、実は別の授業の復習してたら、同じような問題が出てまして……」

「ふむ、そうか。その考えを大事にしろ。学問とは単一のものではない。すべての知識はひとつの巨大な真理の一側面にすぎないのだ。学んだ知識を活用することで、いずれ真理へとたどり着けるだろう。この真理というものは――」

ザクロの答えが、教師の妙なスイッチを入れてしまったらしい。

彼は自分の授業を半ば放り投げるようにして、魔法研究者が追い求める真理について熱く語り始める。

まだ教授の位階は得ていないが、少なくとも学問に対する情熱だけならば彼らに負けないということだろう。

ザクロともうひとりの解答者は、自分の役目を終えると席に戻ったが、教師の熱弁は止まらない。

「女神様が創造せし世界の理《ことわり》。本来神にしか理解できないであろうものを理解することこそ、私たち魔導師の命題。神官たちが神の言葉を学ぶことで真理に近づくように、我ら魔導師は魔法の理を探求することで神の御業へと近づこうとしているのだ」

教師の言葉はさらに続いているが、戻ってきたザクロはその話などまったく聞いていなかった。

はあ、とため息を漏らすと、机に突っ伏してしまう。

そしてもぞもぞと動き、隣のココが話しかけようか悩んでいると、やがて顔を上げた。

「どんどん難しくなってくわ。本当に嫌なるで。あんなの覚えたって、どうせほとんどの連中は忘れてまうっちゅうねん」

ザクロの成績は、ちょうど真ん中あたりをさまよっている。調子がいいときは上がるし、少しでも調子を崩したり、気分が乗らないと落ちる。

それでも追試などは絶対回避しており、ココも彼女にいろいろと教わることで、かろうじて勉強についていくことができていた。

「せや、またココに〝仕事〟の依頼きとるで。さすがに試験期間は遠慮してもらってたし、少しやってもええんちゃうか？」

「うーん……」

（〝仕事〟かぁ……）

ココが学園で生活を始めて半年、ザクロとその友人たちのおかげでココの学園生活はそれなりに充実していた。

彼女たちは自分よりも年下のココをかわいがり、常に気にかけてくれたのだ。

ザクロの言葉をそのまま述べるならば『さすがに三つ以上も年が離れてたら、同級生っていうよりも後輩とか妹みたいなもんや』ということになる。

同級生というのは、友人であると同時にライバルにもなる。

だがそれは、同じ土俵に立っていることが前提だ。同じ年齢、同じ知識、同じ志、そうした下地があってこそ、ライバル関係や敵対関係は生まれる。

実際、ココと同じ年に入学した学生たちの中でも、友好関係や敵対関係が醸成されていた。男女の別なく、身分の別なく、誰もが等しく競争している。

ある種、健全な学園生活といってもいい。

その中で、ココはある種特別な地位にいた。

無論、まことしやかにささやかれる、特待生という立場のこともある。だが、彼女が同級生たちの中で特別なのは、その年齢が原因だった。

「上は二十越えてるし、入学するのに制限なんかはないけど、下の方になると、やっぱり話は変わるわな」

ザクロはぼやくように言う。

「別のところで経験積んで入学とか、学費をためるのに時間がかかったとか、単純に留学生だからとか、まあそういうので十八とか？　もっと上になってから学園に来る奴はおるけど、やっと八歳ってのはそうないわ。ウチですら、かなり早い入学なんやから」

学園に入学する平均年齢は、およそ十五歳とされる。

貴族の子弟は大抵その年齢になってから入学するし、それ以外の平民も同じだ。

「まあ、ココがいじめられにくいのはいいことや」

普通ならば、田舎の農村からやって来た新入生など、嘲笑の対象にしかならない。この学園に入るには、それなりの社会的ステータスか、抜きん出た学力が必要になるからだ。

特待生ゆえにそれらの問題を解決したとしても、出自まではどうにもならない。本来ならば、ココもそうした荒波の中に放り込まれるはずだった。

だが、ココの年齢がそれを防いだ。学生たちはココの生まれを侮ってはいたものの、彼女自身に対してなんらかの手出しをすることはなかったのだ。

子ども相手になにをしたところで、虚しさしかない。むしろ自分たちの首を絞めることにしかならないだろう。

ただごく一部、そうした感覚を持ち合わせていない者がちょっかいをかけてきたことはある。

あまりにも行状が悪く、学園での矯正を期待されている者たちだ。

そうした者は貴族にも、それ以外のグループにも必ず存在した。

だが、そうした者は飽きやすい。ココが自分たちのちょっかいにおもしろい反応を示さないとわかると、すぐに手を引いた。

「今度のお仕事、どんなこと？」

「今回は指輪や。まあ、向こうもすんごい手の込んだもの欲しがっとるわけじゃなし、適当にいいもの作ればええんちゃうかな」

ココは学園の中で多少浮いた存在でありつつも、平穏に過ごすことができていた。そう、しばらくの間は。

問題が起きたのは、授業が始まってから一ヶ月が経過した頃――現在からさかのぼること四ヶ月前のことだ。

ココの私物が壊れ、新しいものを手に入れる必要が出てきたのだが、ココには持ち合わせがなかった。

このとき壊れたのは髪飾りだ。しばらくはリボンでまとめることで対処していたのだが、そのリボンもほつれ始め、あまり見た目がいいとは言えなくなってしまった。

状況に気づいたザクロは、一計を案じた。同級生としてココのプライドを守りつつ、金銭を得られるように仕事を紹介したのだ。

ココが細工を趣味にしていること、そしてそこそこの腕前があることも知っていたので、紹介することにためらいはなかった。

「最初の髪飾りからして、かなりの出来栄えやったからな。もう、ウチにはなんも言えんわ」

「あははは、そんなことないよ。ザクロがいろんなお仕事くれるから、わたしも助かってるんだし」

「そう言ってもらえると、ウチも仲介のしがいがあるってもんや。本当なら外の仕事も受けたいんやけど、さすがにそんなことしたら先生に怒られてまうやろな」

ザクロが主に紹介したのは、金属細工の製作の仕事だった。

内容としては指輪、首飾り、耳飾りなど、ココの持っている道具で事足りるものだけを紹介するようにしていた。

刺繍なども たまに依頼されることはあるが、この学園に入ってくるような女子は大抵手習いとして刺繍をたしなんでいるため、普通の刺繍の依頼自体は多くなかった。

「あんなデザイン、王都でも見たことあらへんで。北の方は流行も知らんような辺境だなんて馬鹿にしてたけど、考えを改めんとな。こんなにいい感じの仕事できる職人がおるんやから」

「そんなことないよう……」

照れたように笑うココ。ザクロはその頭をぐりぐりとなでた。

そろそろ授業も終わりそうだ。

「この授業が終わったら、たぶん依頼人が来る。そんで話を聞いて、受けるか決めるとええ」

「わかった。そうするね」

教師の講説《こうせつ》が最大の盛り上がりを見せたとき、授業終了の鐘が鳴り響いた。

「ココちゃーん‼」

「むぎゅ」

学生寮に戻ったココを出迎えたのは、強烈なハグだった。

抵抗する間もなく抱きしめられ、ココはされるがままだ。

「ちょ、ちょっとパイリン！　ココ窒息してまうで！　もっと手加減せんか！」

「あら、ごめんなさい。あまりにもうれしかったものだから……」

「ぷはっ」

パイリンと呼ばれた少女は、薄紫の髪をひとつに束ね、柔和な笑みを常にたたえていた。この少女が怒ったところを、まだ誰も見たことがなかった。

「あなたに作ってもらったハンカチ、ちゃんと彼に通じたわ。今度、お手紙のやり取りをすることになったの」

「ほう、そりゃめでたいな」

「おめでとう、パイリン！」

「ハンカチに刺繍で詩を入れるなんて、よく思いついたわね。彼もそれで興味を持ってくれたみたいなの」

「まあ、その辺はココのおかげみたいなもんや。実際にココが詩を刺繍しているのを見て思いついたんやからな」

ココが学生寮で行っている仕事のひとつに、ハンカチに詩を入れるというものがあった。

これまで王国ではハンカチに花などの飾りを刺繍することはあっても、文章を入れる習慣はなかった。特に、布と同じ色の糸を使う刺繍など、誰もしていなかったと言ってもいい。

なにせ、土台となるハンカチなどと同じ色で刺繍をしても、文字は見えないからだ。だが、あえてココはそれをした。

「一見すると普通のハンカチにしか見えないのに、実際に触れることのできる持ち主にだけは書いてある詩を指先で読むことができる——はぁ、素晴らしいわ」

「しかも、直接的な愛の告白もできれば、古い愛の詩を贈ることもできる。手紙と違って指先で読めるから、明かりがない、夜のベッドの中でも……きゃあああああああっ！　素敵!!　ココちゃん、わたしにも作って!!」

パイリンと一緒にココたちを出迎えてくれた女子たちが、ココに群がる。

ココは抱き上げられ、ぬいぐるみのように廊下の隅に置かれた椅子まで運ばれてしまった。

「じ、自分たちで縫った方が喜んでもらえると思うけど……」

「——そうしたいのは山々なんだけど」

「あたしたち、刺繍なんてお貴族様の遊びだーって思ってたから、全然教えてもらってないのよね」

「自業自得やんか。あきらめんかい」

ザクロがそう言うと、女子たちは抱き合って涙を流した。

「いやぁ！　私たちもココちゃんのハンカチ欲しい！」

「恋人欲しい～～‼」

「おいパイリン、このアホどもなんとかしてくれん？　ココが必死に文字とか勉強しとるっちゅうに、このアホどもは刺繍のひとつも覚えん」

「あら、ザクロちゃんも同じでしょ？　取れちゃった制服のボタン、ココちゃんに直してもらったって話だけど？」

「うっ」

ザクロと仲がいいだけあって、この場にいる女子たちは貴族や商家の娘が習得していて当然と言われるさまざまな——繕い物、花、歌など——教養をさほど重視してこなかった。実家がそうした方針だった場合もあれば、本人の性格が原因の場合もあるが、いずれにしても、ほぼ全員が常識的な深窓の令嬢らしい趣味は持ち合わせていない。

パイリンは幼少期に見た剣闘士の戦いぶりに憧れて剣の腕ばかりを磨き、親が匙《さじ》を投げた結果、この学園にやって来た。

このまま適当に過ごせればいいと思っていた彼女が異性と付き合うつもりになったのは、単純に自分と同じ年でありながら、自分よりも強い男子を見つけたからだった。

「とにかく、ココはしばらく忙しいんや。細工の仕事せんとあかんからな」

仕事の斡旋からその管理まで担当するザクロが、パイリンたちをココから引き離す。

ココはザクロがなにも言わなければ、頼まれただけの仕事を受けてしまう。それを防ぐのもザクロの役目だった。

「みんな、ごめんね？」

「いいのよ！　気にしなくても！」

「うんうん、いくらでも待つから！」

「意地でも自分でやろうって気はないんやな」

女子ふたりの言葉に、ザクロはあきれたようにため息をついた。

実際、彼女たちがこれから刺繍を覚えるよりも、ココが今の仕事を終えるのを待っていた方が早いのは確かだ。しかも、完成品の品質は比べることもできないほどに差がある。しかし、それでも自分よりも小さな女の子に頼み込むということに、ためらいはないのだろうか。

（ないんやろな。自分で覚えるよりも、ココの手が空くのを待った方が早いし、ええもんできるし。いや、でもやっぱりウチかて、たまぁにこれでええんかと思ったりはするんやで？　いやでもやっぱり……ううん……）

女の子らしいことをしろと言われては反発してきたザクロだが、ココを見ているとそれでいいのかと思ってしまうのも確かだ。

しかし、ザクロはその納得しがたいことを、心の中につくり上げた棚を駆使して無理やり納得した。

これからココがどんな人生を歩むかはわからないが、ここでさまざまな人脈を築いておいて損はない。自分の友人たちは各地の商家の出身であるから、貸しをつくっておいて損はないはずだ。

そう、これはココのためなのだから、恥じることなどなにもない――ザクロは頷いた。

「そんじゃ行くでココ。ここにいたら、もっと仕事の予約が増えてまう」

ザクロは廊下の角から、いくつもの視線を感じていた。

ココに仕事を頼みたい女子たちは、彼女たちだけではないのだ。

◇◇◇

「あれぇ？」

仕事を始めたココにとって予想外だったのは、ザクロが優秀な商人だったことだ。

「ココ！　次の仕事もらってきたで！」

彼女はココに無理をさせない程度に、ココが学園で暮らしていくのに困らないだけの仕事を見つけてきてくれた。

（おかしいな、ちょっと休みの日に細工作るだけのつもりだったんだけど）

そんなふうに考えていたココだが、お金が手に入ればいろいろなものが手に入る。そのお金でザクロに頼んで西方の珍しいものを取り寄せてもらえば、村のみんなにおみやげを渡すことができることに気づき、段々と乗り気になっていったのである。

「ココ、なんか必要な道具あるか？　王都にあるようなもんやったら、すぐに取り寄せられるで」

「そうなの？」

「学園と王都の間には一日二便、荷物のやり取りをする馬車が走ってるんや。そこにはウチら学生の荷物も一緒に積んでもらえるから、手紙でこれこれが欲しいって伝えておけば、おとんが用意してくれるはずや」

すぐに用意できるというザクロの言葉は本当だった。

細工のためのタガネが欲しいと言ったら、その日のうちに王都へ手紙を出したようで、翌週にはココが驚くほど品質のいいタガネが届いた。

「高そう……」

「そりゃ、安物は安物なりにしか使えんからな。高けりゃいいってものやないけど、まあ、安いのはほぼ確実にダメダメや。こういうときはそこそこええやつを選ぶのが鉄則やで」

そうザクロは言ったものの、彼女の実家を通していなければ、品物の値段は倍ほども違っていただろう。

ココはザクロのおかげで、品質のいい道具を比較的安価で手に入れることができたのだ。

そして、その道具の品質は完成した製品の質を向上させた。

（村で使ってた道具より使いやすい！）

いいものが作れれば、作るのが楽しくなる。

自然と、ココの製作のスピードは上がった。

「学内舞踏会につけていく耳飾りの注文や！」

「はーい！」

「お次は羽根ペンのペン先に彫刻してくれっちゅう依頼や！」

「はーい！」

「出席簿に使うハンコの注文や！」

「はーい！」

「どんどんいくでー」

「はーい！」

ココとザクロの仕事ぶりは、多くの評判を呼ぶことになる。

これだけおおっぴらに商売をしていれば、学園側が注意のひとつもしてきそうなものだが、そのあたりもザクロはきちんと筋を通した。

事前になにを目的としているか、どの程度の仕事量をこなすかを教師陣に説明し、仕送りが期待できないココが学園で健康的に暮らすには、これはどうしても必要なことなのだと訴えた。

教師たちとしても、ココの事情は知っている。最低限の生活は保証されているとしても、それだけで子どもが健やかに成長できるとは思えなかった。

ならば、許可するしかない。

もともと、学園の規則が厳しいこともあり、教師陣は意外とあっさりココの仕事を認めた。

無論、学業に影響が出るようなら、即やめるようにとひと言添えるのも忘れなかったが、そんなことはココもザクロもわかっている。

ふたりは二人三脚でどんどん仕事をこなしていった。

そして、ココによって作り出される品はどんどん増えていった。


そんな品々の中で手堅い人気を得たものがある。

香水だ。

「はぁ、こんな方法があるんやなぁ」

「うん、普通に花弁を入れるよりも、こうやって煮詰めたりしたものを使った方が香りが強くなるんだよ。あと、混ぜる油もこうやると匂いがなくなるんだ」

「はぁあ、たいしたもんや。たしかにこの方法なら、あんまり香りの強くない花も香水にできるかもしれん。ちょいとおとんに手紙書いて、試してもらおうかな」

ザクロはその言葉通りに、手紙でココの技法を伝えようとした。だが、ココもザクロも技術者ではないため、うまく説明することができずに終わった。もしもこのときココの技術が伝わっていたならば、ザクロの実家は香水の生産で大きな利益を得られただろう。

それほどまでに、ココの技術は画期的だったのだ。

（でも、工場でつくるようにはいかないよね、やっぱり……）

それでも、ココからすれば、あまりにも手間のかかる作業だった。あたり前だが、機械式の遠心分離機などはどこにもなく、魔法式のそれはとてもココたちに手が出せるような値段ではなかった。だから蒸気か溶剤を使って香料を抽出するしかないため、かなりの手間がかかった。

しかし、そんな苦労のかいもあって、ココの作る香水は学園の女子学生たちの間で話題になった。中にはココに調香を頼む学生もいて、常連客もできた。

ココの技術は、確実に学園の人々の心を掴んでいった。

◇◇◇

「コンコンココンコン……こっちもココンコン」

（はぁ、癒やされるわぁ）

寮の自室、その片隅につくられたココ用の作業スペースに木槌の音が響く。

村から持ってきた木槌とは違う、仕事のお礼代わりにもらった木槌は、ココの小さな手でも振りやすく、使いやすかった。

目の前には固定された指輪があり、ココの手によって細工が施されていた。

一週間ほど前に、依頼者から受け取った古い指輪だ。

「ふんふんふふ～ん」

ココが木槌を振るうたび、小さな光が舞う。

それはマナと呼ばれるエネルギーで、魔法の源となる力だった。

「病気になりませんように、怪我をしませんように……」

指輪の依頼主は、故郷にいる病床の祖母に贈り物をしたいという男子だった。

傭兵業で成功した家の三男坊で、魔法の技術を習得しろという家の命令で学園に来ている。

幼少期に自分をかわいがってくれた祖母が病に倒れたと聞き、なにかできることはないかと考えた結果、ココに指輪を作ってもらうことにしたのだ。

ただ、ココにも一から指輪を作るほどの技術はなかったため、最終的には彼が祖母からもらった指輪を手直しすることにした。

「傷はついてないよね？」

スタンドライトのような形の魔法照明の下で、指輪を見る。

古い指輪はそれだけで価値のあるもののように思えたが、依頼人の男子はココの手で新しい姿になることを望んだ。

『これ、ばあちゃんから学校でのお守りにしろってもらったんだけど、今はばあちゃんの方がお守り必要だと思うんだ。でも、そのまま返しても困るだろうし、手直ししてくれないか？』

そう言った依頼人の意図は、ココにも理解できた。

「大切にされてきたんだろうなぁ」

もともとのデザインは指輪としては珍しくない幅の広いストレートで、その表面には細かな文字が刻まれていた。そのほとんどは、半ばつぶれてしまっていたが、ココの道具であれば直すことはできた。

「よし、あとは磨けばよさそう。研磨剤研磨剤……っと」

（こっちの世界で一番困るのって、研磨剤があんまりないことよね。自分で作ればいいんだけど……）

かつてのココが使っていた研磨剤は、工場で大量生産されたものだった。

手作業では作れないほどに細かな粒子を持ち、金属を磨けば鏡のような光沢をつくることができる。

ココは自分で拾ってきた石をすり鉢で砕いて使っていたが、これを作るのには非常に手間がかかった。時折ザクロが手伝ってくれるが、単純作業に途中で飽きてしまう。それでもさらに作業を続けると、意味不明な言葉をつぶやきながら手だけを動かす変な生き物と化してしまう。

もう変な生き物になりたくないザクロがなんとか実家から磨き粉を手に入れようとしてくれ

ているが、いつ届くかは不明なままだった。

「キレイにしましょ、キレイにしましょ」

頭を揺らし、歌いながら指輪を磨いていく。

やはりマナの光が宙を舞うが、ココはそれを不思議とは思わない。この世界、細工作業するとマナが出るんだなとしか思っていなかった。

ほかの細工師の作業現場を見たことがあればこんな認識にはならなかっただろうが、幸か不幸か、彼女はほかの細工師に会ったこともない。

ただ唯一、ザクロだけがこの現象の奇妙さに気づいていた。


ココの邪魔をしないため、隣室のパイリンを訪ねたザクロは、図書室から借りてきた資料を見ながら首をかしげていた。

「どうしたの？」

「前にも話したやろ？　ココが細工したり、刺繍したりしてると、マナがふわふわ浮かぶんや。ヤケドしたりすることもないし、ただ浮かんどるだけやから放ってるんや。でも、理由もわからんのは気持ち悪いし、調べとったんやけど……」

「やけど？」

「これ見てみ」

ザクロが示したのは、はるか昔に王国とは別の場所に存在したという、エルフの里について描写したページだった。

「ここやここ、エルフの鍛冶師のところや」

「――『エルフの鍛冶は精霊鍛冶と呼ばれ、世界の加護を用いて武具を打つ。彼らが鎚を振るうたびにマナの光がほとばしり、武具には神威が宿る。この武具はどんな邪悪でも傷つけることはできず、魔の王さえも斬り伏せるだろう』――またずいぶんと古い話ね。これ、おとぎ話で聞いたことがあるわよ？」

「ウチもどっかで聞いたことあるなぁと思うとったんや。んで、図書室で細工師やら鍛冶師やら、織物職人の話を探してやっと見つけたんがこれやったっちゅうわけや。どうや？」

「どうって、似てなくもないけど……。ココちゃんの作るハンカチ、魔王を倒せるほどの力があるようには見えないわよ？　まあ、私からすれば、魔王を倒すよりもずっと役に立ったけど、うふふふ……」

ザクロはココに了解を取った上で、信頼できる友人にだけココの力を明かしていた。

それはココを守るためにどうしても必要なことだったのだ。ザクロひとりでできることは限られている。

「のろけんなや。大事なことやねん」

次のページには、エルフの精霊鍛冶がすでに存在しないことが書かれていた。

魔物たちにとって、彼らはあまりにも脅威でありすぎた。そのため、魔物との戦いで優先的に命を狙われてしまったのだ。

「魔物、魔族のことよね？　あれってもう、勇者様が倒しちゃったはずだけど……」

「そうならひと安心やけど、うーん、心配やな。ココはまだ小さな子どもやで？　変なことに巻き込まれんとええんやけど」

「そうねぇ、でもここに特待生として連れてきたってことは、神殿もこのことには気づいているんじゃないかしら？」

「どうやろなぁ。なんかの〝加護〟はあると思ってるやろうけど、実際にどんな力があるかまではわからんはずや。なんせ、本人にもわかってないんやから」

ココがなんらかの〝加護〟を持っているとしても、その正体はそれを与えた神にしかわからない。

たとえ神殿であったとしても、神からの託宣を受けるまでは〝加護〟のなんたるかは理解できないのだ。大きな力を持つ〝加護〟になるほど、その傾向は強い。

強ければ強いほど、応用範囲が広くなり、本質がわかりにくくなるからだ。

過去の例をあげるとするならば、炎の〝加護〟を持つと思われていた戦士が、実は音の〝加護〟の持ち主だったことがある。

人の耳には届かない音によって、炎をつくり出していたのだ。

そうした前例があるため、神殿は〝加護〟の扱いに非常に慎重になっている。ココがこの学園に連れてこられたのも、〝加護〟の持つ危険性を考えてのことだろう。

「ウチらからすれば、あんないい子が力を悪用するとは思えんけど、偉い人たちはそうやない。あの子の周りにろくでもない連中が集まれば、ココは簡単に利用されてしまう」

「困ったわねぇ」

「今のうちにいろいろつながりつくっておかんと、将来どうなるかわからん。最悪、ウチが実家の古巣に連れてくしかなくなるかもなぁ」

それはザクロの一族の故地である西方の国にココを連れていくということだ。

王国を脱出し、神殿の影響力が少ない極西地域にたどり着ければ、ココをかくまうこともできるだろう。

「ココの家族のこともあるし、できればやりたくないけどな」

「ザクロちゃん、ココちゃんのこと大切にしてるのね。まだ会って半年くらいしか経ってないのに」

「あの子がいい子だからや。いい子は幸せにならんとあかんのや。そうやなかったら、悲しいやんか」

ザクロは口を尖《とが》らせ、照れたように言った。だが、間違いなく本心だった。

◇◇◇

ココは喜んでいた。

たしかに学園の勉強のハードルは高い。だが、前世では想像の産物でしかなかった魔法について直接学べることは楽しかったし、たくさんの友人に囲まれながら――物理的にも、精神的にも――過ごす二度目の学生生活は、ある意味で魔法を見て、それを覚える以上に楽しかった。

ココは確実に学園の人々に受け入れられつつあったのだ。それを示すようなことは、幾度もあった。

『ココちゃん！　これ食べて！』

『ありがとう！』

寮を歩いていれば、だいたい誰かがおやつを分けてくれた。

おいしそうに食べるからとついついあげすぎてしまい、ザクロに怒られる者が続出するほどだった。

『ココちゃん、これ実家から送ってもらったの、よかったら使って！』

『わぁ、魔法の木槌だ！　ありがとう！　でもこれ、珍しいものじゃないの？』

『いいのいいの！　お父さんの誕生日に贈ったボタン、すごくうれしかったみたいで、ココちゃんにぜひって！　お小遣いも増えたんだよ！』

少し疎遠になっていた親子の関係修復の手伝いをしたときは、希少な、しかし使い手がなかなか見つからなかった魔法道具をもらったりもした。

その道具は、それ以降ココの愛用品として役に立っている。


『ひぃえええええっ⁉』

『ぎゃあああ！　ココが下に落ちたぁあああああっ⁉』

学園の片隅にある古びた井戸に肝試しに行ったときは、地面にあいた穴に気づかず落下したこともあった。当然、教師たちにこっぴどく叱られ、罰として課題を与えられて泣きながらこなした。

だが、友人たちと一緒ならば、罰課題さえも楽しかった。


『ザクロー』

『なんやー』

『お付き合いしてって、てがみもらったー』

『ほうほう、そりゃ青春やなって……なんやて⁉　緊急招集！　みんな！　緊急会議や‼』

異性の趣味が年下の方にやや偏っていた先輩学生に手紙をもらったときは、友人たちによって対策会議が行われ、最終的にはココがもう少し大きくなってから改めて、という結論に落ち着いた。

ただ、その後件《くだん》の先輩からの接触はなかったらしい。真実の愛を見つけ、故郷に帰ったという噂が流れたが、真相は謎のままだ。


『目が、目がチカチカしてきた……！』

『がんばってザクロ！　もうちょっとだよ！』

『ああああああああああああああああ……』

ココが楽しそうに裁縫しているのを見たザクロが、なんの気紛れか自分もやってみたいと言い出したものの、針に糸を通すという作業に半日を費やした揚げ句に挫折。

自分に針仕事は向いていないので、将来は針仕事のできる旦那を見つけると決意するに至ったりもした。

総じて、ここまでの学園生活は、少々の混乱がありつつも順調だったといえる。

実際、ココには仲のいい友人たちもできたし、ルームメイトであるザクロのおかげで不自由な思いもしなかった――。

「ザクロ、本当にもらっちゃっていいの？」

「いいっていいって、ウチの必需品と一緒に頼んでおいたやつやし、学園の寝間着はココには大きすぎるやろ？　昨日かて、裾踏んづけてすっ転んどったやんか」

「あれはちょっとねぼけてただけだよ！」

「はいはい、せやなー」

「ほんとうだよ！」

学園での生活必需品のうち、学園では手に入れにくいものもザクロの実家から送ってもらうことができた。

この中にはココの衣服なども含まれており、そのデザインはザクロとその友人たちによって決定されていたが、ココはそんなことはまったく知らず、あまっているものが送られてきているのだと思っていた。

（いくらあまりものとはいえ、こんなにたくさんもらっちゃったら、こんどお返ししないと……！）

そうココが決意を新たにしているとき、ザクロはまったく異なることを考えていた。

（ウチらが選んだ服、やっぱりココにはよう似合ってるわ。ココに隠れてココになに着せるか、延々話し合ったかいがあったっちゅうもんや。今度は秋物やし、スカートやらなんやら、選択肢が増えて会議も長引きそうやな）

ザクロたちの着せ替え人形と化している事実など、ココはまったく気づいていなかった。

クローゼット内の衣服は増え続けていたが、ザクロたちの野望はまだまだ続くだろう。

（ココの年なら一年前の服はもう着れんはずや。つまり、毎年新しい服を着せられるっちゅうことで、こりゃあ楽しみやな……）

「ふふふふふ……」

「ザクロ、どうしたの？　楽しそうだけど……」

「いやいや、気にせんでええで。こっちのことや」

まったくこっちのことということはなく、ココは当事者なのだが、ザクロはこの秘密だけはココに教えるつもりはなかった。

妹に自分の選んだ服を着せることを夢見てきた彼女にとって、この時間はこれまでの人生で経験したことのないような幸運の連続なのだ。その連続を途切れさせるようなことはしたくない。

「ココ、もう一回体の寸法測らせてくれへん？　また大きくなってるかもしれへんし」

「いいよ！」

「よっしゃ、じゃあ巻き尺持ってくるわ！」

るんるんという声が聞こえてきそうなほど、軽やかなステップで引き出しに向かうザクロ。

それをココは不思議そうに眺めるのだった。

◇　◇　◇

聖湖畔修道学園の新たな学生は、さまざまな方法で学園にやって来る。

湖畔、と名がつくだけあって、学園には船着き場もある。そのため、湖に通じる川を通って船で学園に来る新入生もいた。

特に海外からの留学生はこのパターンが多く、故郷から王国内の港町まで船でやって来て、そのまま川船に乗り換えて学園まで、という流れだ。

そして客船から降りた留学生の集団はその日、船着き場近くの畔で水遊びをする小さな女の子を見つけた。

「きらきらピカピカ、ひかるいしー♪　ひとつみつけてもうひとつー♪　どんどんみつけてきーらきらー♪」

女の子は裸足で岸を歩きながら、楽しそうに歌っている。

たまに屈み込んではきらりと光る石を拾い上げ、腰に提げた袋に入れているようだった。

「ねえあれ、近所の子かな？」

「学園の先生のお子さんじゃない？」

「なるほど！　もしかしたら、学園の中でも会えたりするかな？」

「学生じゃないだろうし、それは難しいんじゃないかな？　ほら、学園の中って学生と先生、あとは学園の役人さん以外は立ち入り禁止だって説明されたでしょ？」

「ああ、そういえば……。王族であっても、ただひとりの使用人も許さないって書いてあったっけ……」

そんな会話をしながら、留学生たちが大きな鞄を持ち、船着き場を学園に向かって歩いていく。

ちょうど彼女たちが船着き場側の門をくぐろうとしたところで、学生の制服を着た少女が女の子に向かっていくのが見えた。

きっとお姉さんが迎えに来たんだろう——そう彼女たちが思ったのも無理はない。だが、彼女たちは自分の思い違いをすぐに知ることになる。

あのとき見た小さな女の子が、彼女たちの先輩として入学式典に在校生たちの最前列で参加していたからだった。

◇　◇　◇

ココの学園生活は二年目に入り、学園側から提示された授業内容は初年度から大きく変更された。

「嘘やろ!?　同じ授業、半分もあらへんやないか！」

「そうだね……」

ココはザクロの言葉にうなずくしかない。彼女も今の今まで知らなかったのだ。

ただわかっているのは、去年までのようにザクロたちとずっと同じ授業を受けることはできないということだ。

「特待生やからか？　いや、たしかにこの授業は……」

学園側――つまりは神殿がココに提示した授業は、本来であればもっと上級の学生が受けるべきものだった。これまでが基礎だとすれば、それを使った応用を飛ばして、高度専門分野の授業を受けるような状態だ。

「時空魔法に生命魔法、神官の使う神聖術まで入ってるやんか。こんなん、二年目の学生に受けさせるような授業やないで……」

学年が上がると、学生たちはそれぞれ自分の目的や特性に合わせて選んだ授業を受けるようになる。

魔導師を志す者は魔法関係の授業を多く選択し、神官を目指す者は経典解釈や哲学、そしてより高度な神聖術の授業を多く受けるようになる。それ以外の授業は、あくまでも学校を卒業するために最低限受けるだけだ。

そのため、専門課程へ進むこと自体は、さほど珍しくない。だが、ココの年齢ではあまりにも早すぎるように思えた。

（時空魔法……生命魔法……かっこいい……！）

ただ、ココはひそかにわくわくしていた。

これまでの授業は、この世界について理解するには非常に役に立ったものの、基礎的であるがゆえに目新しさはなかった。

前世を持つココにとっては、その記憶を応用すれば、すぐに理解できるような内容ばかりだったのだ。

「──ちょっと！　今年の授業、ココちゃんいないじゃないの!?」

「しかも、貴族とか高位神官の娘とか、すごい人たちがいる授業ばかりよ！　ココひとりあんなところに放り込むつもり!?」

「ど、どうしよう!?　嫌な貴族の人に目をつけられたら、ココちゃん大変なことになっちゃう！」

騒々しく扉を開け放って部屋に飛び込んできたのは、パイリンを筆頭とするココの友人たちだ。

彼女たちは文句や不安を口にしながら、ザクロに迫る。

「ザクロ！　あなたココが授業の希望を提出するときに一緒にいなかったの!?」

「ココはそんなもん出してへん！　一年目も今年も、神殿から言われた授業を受けとるんや！

ウチかて先にわかってたら、同じ授業受けてたわ！　たぶん赤点でひどいことなるけどな！」

ザクロも決して頭が悪いわけではない。

だが、彼女が目指す魔導師は戦闘型ではなく、人々の生活に根差した実用型の魔導師だ。ココが神殿から命じられた授業の大半は、ザクロが修めるべき内容とは大きく食い違っている。当然、受けるべき授業も違う。

「こ、こうなったら、みんなで分担しましょう。私たちも二年目はそれぞれ別の授業を受けてるし、全員は無理でもひとりずつくらいなら……」

「そうよね！　わたし神学とか哲学取ってるから、そのときはなんとかする！」

「あたしはこっちの薬草学と魔法紋章学！」

「ほんならウチは……」

「みんな、無理しなくていいんだよ？　わたし、ひとりでもちゃんと授業受けられるし」

「そんなんダメに決まっとるやろ！　大丈夫、ウチらに任せとき！　ウチらだけでだめなら、これまでにつくってきた人脈でなんとかしたるわ！　人脈は商人の財産、財産は使うためにあるんや！」

「おおおお～～！」

そう宣言したザクロに、パイリンたちは拍手を送る。

「さっそく作戦会議や！　みんな、こっち来て話詰めるで！」

「おー！」

ザクロと友人たちは、部屋の隅に追いやられてしまったザクロの勉強机に集まり、作戦会議を始めた。

もはや、彼女たちの学園生活において、ココをかわいがることは必須の条件となっている。

とはいえ、入学二年目に入ったばかりの学生にできることは限られている。

彼女たちは果たして、ココを守りきることができるのか。

「あ、この神聖魔法ってかっこいい！　ずばばって光で攻撃するのかな？　こっちの再生古代魔法もすごくかっこよさそう。古代の魔法を復活させたってことだよね。うわぁ、楽しみ！え？　神域結界学？　なんだろうこれ、神域？　結界？　うーん、どういう勉強かな」

友人たちの心配をよそに、ココはのんびりと自分に課せられるであろう試練に向けて、胸を高鳴らせていた。なにせ、この世界のすべてが彼女と彼女の前世にとって目新しいものばかりなのだ。

ただ、世界に存在する目新しいものが、彼女にとって常によいものであるとは限らない。すべてのものには複数の側面があり、ココが本当に学ぶべきことは、その別の側面にこそあるのだから。

◇　◇　◇

ベリル・デンドリティック。このとき十七歳。

デンドリティック侯爵家の令嬢にして、〝加護〟を持つ者。

日の光そのものと称される豪奢な金色の長い髪は、地味な色合いの学園の制服によってより華やかさを強調されているようにも見える。さらに毛先を緩くウェーブさせたことで、彼女が歩くたびに金色の髪はふわふわと揺れた。

学園に似つかわしくない絢爛な雰囲気をまとう彼女は、同じ立場であるはずの学生たちからも、上位者として一目置かれる存在だった。

「ベリル様！」

「今度の週末、ご一緒にお茶を……！」

「ぜひとも、本日のお供をさせてください！」

デンドリティック家の持つ影響力もあるが、なによりも彼女自身が持つ『上に立つ者』としてのオーラが若い学生たちに強い影響を与えていた。

彼女はまさに、人の上に立つべくして生まれ、育てられた者の集大成ともいえる存在だった。

「皆様、本日も勉学にいそしみましょう。わたくしたちは多くを学び、人々を導かなければならないのですから」

「はい！」

「さすがベリル様、学園でも最上位のご成績であられるのに、この上さらに努力を重ねられるなんて……」

「わたくしなど、まだまだ未熟者ですわ。皆様、いろいろご指導お願いしますね」

彼女は常に笑みを絶やさず、相手が平民であっても決して差別したりはしなかった。むしろ平民に対しての無体をたしなめることさえあった。

「やはりデンドリティックのご令嬢は違う。国王陛下のお妃様候補というのも、あながちむちゃな話ともいえないかもしれない」

ベリルに対して懐疑的な見方をしていた学生も、これまでの彼女の行いを見て考えを変えつつあった。

だがそれは、あくまでも彼女の一面でしかないことを、彼らは知らない。

デンドリティック家、貴族、王妃候補者――そんなものはベリルという少女を示すわずかな側面にすぎない。

彼女はより深いところで、自らの立場に不満を抱いていた。


「――ふう」

ベリルの部屋は、取り巻きとなった女子学生たちから贈られた品々で飾られていた。

同室の学生のテリトリーは侵していないものの、決して遠慮もしていない。最上級生になるか、研究学生としての立場を得れば個室を与えられるが、それを待つつもりもなかった。

「あの子はまたいないのね」

部屋を見回し、同室の学生がいないことを確認する。

別段思い入れのある相手ではない。ほとんど部屋におらず、門限が過ぎた頃に部屋に戻ってきては眠り、日が昇る頃には起き出して姿を消しているような学生だ。

研究者の家系ということで、学園内にあるどこかの魔法研究室に出入りして、自分の研究をしているのだろう。そのような生活をして学園側が口出ししてこないということは、学園に対して通すべき筋は通しているということだ。そうならば、ベリルになにか口を挟む余地はない。

「それに、そちらの方が好都合だわ」

嘲るように笑い、男子学生からの招待状の束をゴミ箱に放り込む。

お茶会、誕生日の舞踏会、狩り。さまざまな誘いがあったが、いずれの学生も、ベリルにとっては一顧する価値のない者たちだった。

たとえ平民でも有望な学生であれば、一度くらいは招待を受けてもいいと思っていたが、そうした学生は決して多くない。

ベリルが他人に求める基準は、恐ろしく高いのだ。

学園から十年に一度の逸材と見込まれているほどに優秀な者か、他人には決して真似できない特殊な技能を持っているか、あるいは——。

「わたくしのような〝加護〟を持つ方は、そうそういませんわね」

そう、〝加護〟だ。

人の身で神々がもたらすあまたの奇跡の一部を代行する存在。

ベリルはその〝加護〟を与えられたひとりであり、彼女自身がその事実に絶対的な自信を持っていた。自分と対等に付き合うならば、それにふさわしい才覚を持っていなくてはならない。

「そうでなければ、わたくしの価値が下がってしまいますもの」

それが万人にとっての正しい価値観かどうかは問題ではない。

彼女にとって正しいかどうかだけが問題なのだ。

「同級生は〝加護〟をお持ちの方が多いと聞いていたのだけど、期待はずれね」

ベリルはこの一年の間、徹底して自分と同じ力を持つ者たちを探した。

学園側は、たとえデンドリティック家相手でも〝加護〟を持つ者の素性を明かさず、当然、ベリルもそれを知らない。

だが、時間をかけて調査していけば、限りなくそれに近い人物を見つけ出すことはできた。

「でも、これでは少し足りないわね。わたくしの価値をもっと上げるためには、かつての『白金』の聖女以上の力を持たなくてはならない。そのためには……」

窓際に置いてある安楽椅子に座りながら、複数の学生の名前が記された紙を眺める。

「わたくしと同学年の聖女候補の選定はもう始まっているはず。男性を除けば、〝加護〟を持つ者は五人。全員が候補になるかどうかは、神殿の判断次第ね」

学生たちの名前の横には、簡単な出自も記載されている。

ベリル以外に貴族の生まれはおらず、残りは神官の家系と平民となっている。

「まあ、一番の懸念だったあの子はもう、わたくしの手の中にある。残りの方が聖女候補となったところで、後ろ盾がないならば気にする必要もありませんね」

紙を机に置き、ベリルは穏やかな表情で窓の外を眺めた。

ベリルが同じ候補者として気に留めていたのは、神官の家系に生まれたとある少女だった。かなり強い力を持つ〝加護〟を得ているとされており、学園に来る前から警戒していた相手だ。

だが、そんな少女を、ベリルはこの一年の間に自らの配下として組み入れていた。

（たとえ聖女であっても、わたくしの上に立つのは許さない）

ベリルは強い自負心を持つ少女だった。いずれ聖女となり、果ては今に伝わる偉大な聖女たちのひとりに列せられるのだと確信していた。

強い意思を感じさせ、傍《はべ》らに侍る者たちを魅了する彼女の瞳の先にあるのは、学園の建物ではなく、もっと遠くにある王都だ。

「デンドリティックなんて、わたくしにとっては通過点。いずれわたくしは、『白金』の聖女様以上の存在になってみせる」

懐から取り出した万年筆を握りしめ、目を閉じる。

そして呼吸を整え、ベリルは万年筆に意識を集中した。

「きなさい、わたくしの力。光をわたくしにもたらしなさい」

決意を込め、力ある言葉をもって事象の引き金を引く。

それは〝加護〟を持つ者が各々持つ、力の行使の方法のひとつだった。

ただ思うだけで力を使える者もいれば、複雑な計算を行わなければならない者も、自らの血を捧げなければならない者さえもいる。

〝加護〟とは本来人の枠には収まらない力であるがゆえに、求める結果が大きければ大きいほど、代価は比例して大きくなるのが常であった。

そして――。

「ふふふ……」

一瞬の光と熱を感じたベリルは、握りしめた手を開いた。

そこにあったのは、金色に輝く万年筆。

学生が使うため、いっさいの華飾を廃したデザインの万年筆が、黄金色のそれに変化していた。

「わたくしには、この力がある。いずれ女神様の託宣を受け、必ず聖女となってみせる……！」

万年筆を懐に収め、ベリルは上機嫌に笑みを浮かべた。

ほとんど代償を払うことなく、別の金属を限りなく黄金に近いものへと変化させる力。まだそれは彼女の持つ力のひとつにすぎないが、これだけでも人々の尊敬を一身に集めるに足るだろう。

「〝白金〟の聖女様は、魔族との戦争のために自らの命を削って白金を生み出し、戦費をあがなうことに成功した。そして自らの作った白金の武具を勇者に与え、魔族を打ち払う原動力となした」

それは、誰もが知っている古い時代のおとぎ話。

だが、限りなく事実に近いものとされている。

少なくとも白金と称し崇められた聖女は実在し、短い人生を終えて人々の前から消えたのだ。

そして、彼女が二十を少し超える程度の年齢でこの世を去った事実こそが、彼女を聖女の中の聖女、聖人の中の聖人として人々の記憶に刻み込んだ。

そして、あまりにも強く人々の記憶に刻まれたために、聖女であると同時に魔女とさえ呼ばれるようになってしまった。

勇者との間につくった四人の子どもはいずれも名立たる家へと取り立てられ、うちひとつはデンドリティックという名で現在に至っている。

「あの方は人々の勝利に貢献し、伝説となった。でもわたくしは、そんなふうに自らを投げ出したりしない」

人々が自分にかつての『白金』の聖女のような振る舞いを求めていることはわかっている。

しかし、ベリルは唯々諾々とそれに従うつもりはまったくない。今の平穏な世界に、自分の命を費やすだけの価値はない。

むしろ、祖先の命を使って生き永らえた世界こそ、子孫である自分に失われていたはずの命の代価を返すべきなのだ。

◇　◇　◇

「ふんふふんふふ～～ん♪」

ココはひとり、講義室に向かう廊下を歩いていた。

いや、歩いていたというよりも、スキップといった方が正しい。

ぴょんぴょんと跳ねるココ。その顔には満面の笑みが浮かび、これから行われる授業を非常に楽しみにしていることがわかる。

「あったらしいじゅぎょう～～♪　あったらしい魔法のじゅぎょぉおお～～♪」

音程もなにもあったものではない。ただ自らの中から湧き上がる期待を言葉にしただけの歌。

だが、周囲の学生や教師はそんなココの様子に苦笑を浮かべることはあっても、ことさら注意しようとはしなかった。

今は授業と授業の間の休憩時間であり、彼らがいるのは廊下だ。多少騒がしいとしても、いちいち目くじらを立てる必要もない。ココの言動は授業に対する期待の表れであって、勉学に無関係というわけでもないし、ココの態度を見て彼女の受ける授業に興味を持った学生もいるだろう。ならばあえて、それを止める必要性もないということだ。

「初めての！　魔法のじっせん！　しかも、すごくえらい先生のじゅぎょうで！」

ぴょんぴょん跳ねるココ。

階段を軽やかに登り、対魔法処理の施された大講義室へと向かう。

今朝方、ザクロに何度も何度もほかの学生に注意するように言われていたが、そんな言葉はもうとっくの昔に忘却の海へと放り込まれている。

ココにとって、魔法とはそれだけの価値があるものなのだ。

（今まではいろいろこわくてちょっとした魔法しか使えなかったけど、魔法使いの先生がいるなら、きっとすごい魔法も使えるよね!?　どっかんと爆発する魔法とか、雷を落とす魔法とか、竜巻をつくるとか！）

ココの頭の中には、天変地異レベルの魔法を繰り出す、フィクションの中の魔法使いの姿が映し出されていた。

ファンタジーをたしなんだ者ならば、一度は憧れる強大な魔法。それが目の前にあるという状況で、我慢できる者が果たしてどれだけいるというのか。

少なくとも、ココには無理だった。

彼女は前日から余念なく予習を進め、学校支給の魔法発動体である杖を磨き上げた。

授業のある大講義室への道のりも前日に一度、実際に歩いて確認したし、万が一の遅刻も防ぐために早寝をした。

あまりにも浮ついたココの様子を心配したザクロがいろいろな注意事項を、それこそ小さな子どもに言い含めるように伝えたのだが、果たしてどれほどの意味があったのか。

「よろしくおねがいしまーす‼」

大講義室の扉を開け、ココは希望に満ち満ちた態度で挨拶をする。

これから、自分は魔法使いになるのだ。そんな希望を胸に抱いて、彼女は講義室内からの反応を待った。

だが――。

「…………」

「あれ？」

これといった反応はなかった。

講義室に誰もいなかったというわけではない。たしかに広い講義室にいる学生の数は多くはない。むしろ部屋の広さから考えれば、かなり少ないと言えるだろう。

おそらく五百人以上は収容できるであろう部屋の中には、三十人程度の学生しかいない。

「あれぇ？」

ココは首をかしげながら、講義室に入る。

黒板横に掲示された授業内容は、たしかに自分が学園から課せられたもので間違いなかった。

ならば、ここにいるのは自分と同じ学生であるはずなのだが、あきらかにココよりも上の学年の学生ばかりがいるように思える。

学園の学生は、胸もとにつけるスカーフやループタイなどで入学年がわかるようになっている。ココの同級生らしい学生は、ざっと見る限りでは見あたらなかった。

「……あれ？」

怪訝《けげん》な表情と、三度目の台詞《せりふ》。

ココは冷や水をかけられたように静かになり、講義室の一番前の席に向かった。

（し、失敗したかもしれない……）

浮かれるあまり、ほかの学生の邪魔をしてしまった。

これまでは同じ学年の学生しかいなかったため、ココが大きく浮くことはなかったが、上級生と同じ授業を受けるとなるとそうはいかないのだ。

しかもココは気づいていなかったが、この授業は本来、学園側が選んだ優秀な学生のみが参加を許されるもので、ココのような下級学生が出席できるようなものではなかった。

それに気づかなかったのは、完全に浮かれきっていたからだ。ザクロは、それを知っていた。

だからこそ口を酸っぱくして何度も注意を促していたのだが、ココは聞く耳を持たなかっては。

たーーいや、聞いてはいたし、おそらく理解もしていただろう。少なくとも言葉の意味についてはいなかった。自分ひとりで

しかし、ザクロが細かく注意を促す理由までは思い至っていなかった。自分ひとりで授業を授業を受けるのが初めてだったため、問題を起こさないよう注意されていると思ったのだ。

「し、しつれいしまーす……」

こそこそと教卓前を通過し、一番前、ど真ん中の席に向かう。

そこはいつもの授業でもココが座る場所で、背が小さい彼女には最も適した席だった。

教師の目の前ということでほかの学生が座ることはなく、普段ならばココと、その面倒を見るザクロや友人たちが一緒にいるだけの場所だった。

「あ……そっか、今日はわたしひとりなんだ……」

席に座ると、周りには誰もいない。

あたり前のことだが、それがココにはとても寂しく感じた。

「ザクロ……パイリン……みんな……」

ノートを取り出し、水晶板を並べる。

授業の用意が済むと、なにもすることがなくなった。

「………」

いつもならば、ザクロたちと取り留めのない話をしている時間だ。

今日の朝食の味について、出されていた課題について、週末の予定について、話題があちらこちらに飛ぶのはいつものことで、最終的にはなにを話していたのかさえ忘れてしまうほどにいろいろな話をした。

そんな時間は、ここにはない。

周囲にいるのは会ったこともしゃべったこともない上級生ばかりで、それも社交的とは言いがたい、学ぶことに対してストイックな姿勢を持つ者がほとんどだろう。

ココに興味を持つ者はいるかもしれないが、それはあくまでも実験動物を見るのと同じ感覚で、決して彼女と友情を育もうという意図のあるものではない。

「…………」

ココは水晶板に、文字を打ち込む。

水晶板同士をつなぐ通信魔法によって、その文字は別の教室にいるザクロたちに送られた。

『すごいしずか。みんなじぶんたちのお勉強してる』

『そういう授業だって言ったやんか！　そこ、普通ならすんごく成績いい奴か、研究学生しか取れん授業なんやで！』

『ココちゃん、ほかの人の勉強の邪魔しちゃダメよ』

ザクロとパイリンの言葉は、しごく当然といった感じのものだった。

どうにもならないほどに正しく、ココは軽い絶望を味わう。

（たのしく魔法を覚えられると思ってた……）

なぜそんなふうに考えたのか、自分でもよくわからない。自分の持つ魔法使いのイメージのせいなのか、前世のほとんどのファンタジー作品で魔法習熟の場面が省略されてしまっているせいなのか。

とにもかくにも、ココはひとり借りてきた猫。或いは電車に忘れられたケージのハムスター。テンションが上がりすぎて突っ走った揚げ句、帰り道がわからなくなった犬といった具合のしょんぼりだ。

講義室に入ったばかりのときのような態度は消滅し、最前列の席で小さくなる。

彼女は別の意味で、早く授業が始まることを願っていた。

「あ」

だが、それよりも早く変化はやってきた。

講義室のうしろにある扉が開かれ、新しい学生が入ってきたのだ。

それも、先ほどのココと同じように、かなり騒々しい。

「失礼いたします。皆様、よろしくお願いいたします」

ココは振り返り、きらきらと輝く金色の髪に目を見開いた。

「うわぁ」

（超、お嬢様だ）

ココの口から出た感嘆。そして内心のひと言の通り、講義室に入ってきた学生の姿は、ココが思い浮かべる『お嬢様』そのものだった。

いっさいの妥協なく施された化粧に、手入れの行き届いた髪。張りのある声はよく響き、所作には華麗さがある。

そのお嬢様はぐるりと講義室を見回すと、扇状に広がる学生たちの席のちょうど真ん中あたりに腰を下ろした。

そして、周囲にいる学生たちに笑顔で挨拶し、たとえ返事がなくともまったく気にせずにそれを続けた。

「つ、つよい……」

まさに圧倒的な自己の強さ。

己に対する自信、そしてそれを体現することへのためらいのなさ。まさに人の上に立つことを求められ、それを実現するだけの諸々の強さを持つ人物だ。

「あんな子もいるんだ……って、わたしと同じ学年⁉」

襟もとのスカーフの色は、ココと同じ赤だった。それは同じ年に入学した同級生の証拠である。

年次色と呼ばれるこの色は、学園によって十二色設定されている。つまり、同じ色が再び使われるのは十二年後で、かつて同じ色を使っていた学生は十二年前の先輩ということになる。

あのお嬢様の年齢はどう見てもココと十二歳以上離れているようには見えないから、同じ学年と考えるのが自然だ。

「今まで、どうして気づかなかったんだろう……」

ココは知らないが、それは学園が意図してふたりを別の授業に振り分けていたからだった。ふたりは共に〝加護〟を持つ者である。そして神殿は、〝加護〟を持つ者同士が積極的に交流することを望まない。

〝加護〟というのは、神殿の教理の上で決して疎かにしてはならないものだ。その存在は神の実存を示す証拠であり、神殿の存在意義の証明であり、また神官たちの権威の後ろ盾ともなる存在だった。

だからこそ、神殿は全力で〝加護〟を持つ者を保護している。時には強引な手段を使ってでも、だ。

ココのような田舎の農村で生まれた者であったとしても、特待生として学園に招き、〝加護〟を扱えるように知識を与えていた。もしも〝加護〟を持つものが神殿の影響の外に連れ出されて利用された場合――つまりは神殿の教えがなくとも〝加護〟を行使できると人々に知られてしまったとき、神殿の権威は大きく揺らぐことになる。

なるほど〝加護〟を持つ者が神の寵愛を受けていることに代わりはないだろう。だが、彼らを庇護する神殿はそうではない。

あくまでも神殿は神の代行者を自称しているにすぎず、神にとっての神殿はいくらでも替えの利く存在でしかないということだ。

こうした論説が出現することを、神殿はなによりも恐れている。実際に現れたこともあるが、全力で抑え込んできたのだ。そのための手段として、神殿は〝加護〟を持つ者たちを囲い込む。

この上なくわかりやすい神の御業の体現者を身内とすることで、自分たちの存在価値をつくり出していた。

それが、〝加護〟を持つ者同士の交流を制限することにつながる。

神殿は、外部ではなく内部で〝加護〟を持つ者同士が結託することで、神殿への対抗勢力になることを警戒していた。

現実問題として、彼ら、彼女らにはそれができる。

ベリルのような貴族階級の出身者は、特にその危険性が高い。俗世での影響力に〝加護〟を持つ者としての権威を組み合わせれば、大抵の物事は力づくで押し通すことができるようになるだろう。

そのとき、彼らにとって最も大きな力となるのは、同じ〝加護〟を持つ者たちの存在だ。

彼らが大義を掲げたとき、それに賛同する〝加護〟の持ち主たちがいれば、大義はより強固なものになる。神殿の神官たちが百万の言葉で神の存在を説明するよりも、〝加護〟を持つ者がひとつの奇跡を実際に起こす方が、人々に神の実在を理解させることができるからだ。

そのため、神殿は〝加護〟を持つ者同士が必要以上に接触することを避けようとしている。

特に、ココのようななんの後ろ盾もないような者の場合、簡単に貴族の勢力に組み込まれてしまうだろう。もう少し年齢が高く、なんらかの望みを持っていれば、神殿がその実現を助けるという約束で縛ることもできるのだが、ココにはそんな大望はない。

そうなると、家族を人質に取るという非常手段しかないが、そんなことをすれば神殿に対する反発で余計に面倒なことになりかねない。

ならばどうするか、両者を引き離すしかない。

可能な限り接触を断ち、接触するにしても神殿の目が届くところで行わせるのだ。

反発を限りなく抑え、それでいて自分たちの影響下に置くのならば、こうした手段を選ぶのは合理的な判断といえた。

少なくとも、これまではそれで問題なかった。だが、ベリル・デンドリティックという、伝説的な聖女を祖先に持つ、そしてその祖先を超えようとしている次代の聖女候補を押さえ込むには足りなかった。

彼女は、すでに動き出していた。

「……あ、あのひとこっちを見た？」

ココはベリルの青い瞳が、こちらを見たような気がした。

わずかに細められた目は、まるで笑っているように見えたが、すぐに彼女の視線は別の方向へと向かってしまう。

「気のせいだよね」

（わたしみたいなのに、あんなすごい人が気づくはずないし）

ココはそう判断して、教壇に向きなおった。

水晶板にはザクロたちからの激励と諸注意事項がどんどん届いており、それに返答しなければならない。

「わわっ、そんなに一気にいわれても困るよ〜〜」

ザクロからの連続したメッセージに、ココはたじろぐ。

普通にしゃべっていてもココの数十倍の言葉を吐き出すザクロは、文章であっても同じだけの量をココに叩きつけてくる。

「ひぇぇ〜〜」

必死に返事するココ。

そのため、彼女は自分に近づいてくる存在に、直前まで気づかなかった。

気づいたのは、声をかけられたときだ。

「あの、ここ座ってもいいですか……？」

そう、ココの隣の席を示したのは、ココと同じ学年の女子学生だった。

白に近いボサボサの銀髪。目もとは不揃いの前髪に隠され、表情をうかがうのは難しい。

しかし、ココはわずかに見えた前髪の切れ間から、金色の目が戸惑いつつも自分を見ていることに気づいた。

ココはその目に向かって笑みを浮かべ、答える。

「うん、いいよ。はい、どうぞ」

ココは机の上を整理して、銀髪の同級生が勉強道具を広げるスペースをつくる。

すると、彼女は一礼して席に座り、静かに道具を広げ始めた。

「よろしくね。わたしココっていうの」

「あ、私は……ルナ。ルナ・カルセドニーっていい、ます。ええと、十六歳です」

戸惑いつつ、答えるルナ。

ちらちらと講義室のうしろに視線を向けているが、ココは気にせず続ける。

「ルナ、この授業は初めて？」

「う、うん、初めて、です」

「そうなんだ！　わたしも初めてなんだよ！　ねえ、どんなことするか知ってる？」

「ご、ごめん、なさい。よく知らない、です」

途切れ途切れの言葉を必死に紡ぐルナ。

戸惑いなのか、性格のせいかはわからないが、ココは隣に誰かが座ってくれた喜びでそんなことをまったく気にしない。

どんどん話しかけ、講師がやって来るまで彼女を質問攻めにした。

「じゃあじゃあ……」

「ココ、さん、もう先生が来たから……」

「あ、そっか。じゃあまた後でね！」

「う、うん」

ココの一方的な質問に戸惑ったままのルナ。

そんな彼女を、じっと見つめる者がいた。

「……ふぅん」

ベリルだ。

彼女は自分が送り込んだ手の者――ルナがココと交流を深めているのを見て、興味深そうに独りごちた。

（あの子、まともに使えるかどうか不安だったけど、あの平民相手なら使えるみたいね。飼っておいてよかったわ）

その言葉通り、ルナはベリルの子飼いの学生だった。

無論、学園に来るまではなんの関わりもなかったが、この一年でそのような関係をつくり上げた。

地方の下級神官の娘という生まれで、民に慕われる父を目標にしている彼女は、生まれながらにして特別な力を持っていた。

〝加護〟。それも普通の〝加護〟ではなく、かなり特殊な性質のそれは、彼女を家族から孤立させていた。

普通、〝加護〟というものは人々に好意的に受け止められる。神の力の一側面とされるのだから当然のことだ。

だが、神の御業のすべてが人々にとって有益なものかと問われれば、そのようなことはないと人々は答えるだろう。

神の御業には、人々に災厄をもたらすものもある。

多くの人々を奪う天変地異など、その最たるものだ。

ならば、そうした面を持った〝加護〟は、その持ち主と共にどう扱われるか。答えは簡単だ。排斥される。

（女神様もお怒りになることはあるでしょう。わたくしたちが粗相をすれば、罰をお与えになるのだから。でも、誰が好んで罰を受けるというのでしょうか）

ルナの父は娘の得た〝加護〟を女神の与えた試練だと受け止め、それに真摯《しんし》に向き合った。

〝加護〟をしっかりとコントロールするための精神修養を行わせ、知識も与えた。人々に理解を求め、説法も欠かさなかった。

しかし、それにも限界はある。

彼は娘を学園へ送ることに同意し、ルナはここにやって来た。

（すべてをさびさせる〝加護〟。わたくし以外に、あの子を扱える者はいない。なら、わたくしの役に立ってみせなさいな）

ベリルはルナを使い、ただひとりこれまで自分と接触のなかったココを調べ上げようとした。

辺境の平民という出自もあってこれまでまったく興味のなかった相手だが、この教室にいる以上、ベリルとしては調べなくてはならない。

（だってここにいるのはすべて、聖人と聖女の候補者なのだから）

もしもベリルがもう少し広い視野を持ち、商人たちのような考えを持っていたならば、学園内でさまざまな依頼を受けているココに警戒の目を向けていたかもしれない。そして、ココが作り出す数々の品から、ココの持つ加護の正体を推測することもできただろう。

しかしこのときの彼女は、貴族的な価値観から完全に抜け出せてはいなかったのだ。だから、ココはあくまでも平民出身の候補者のひとりでしかなく、ルナを差し向ければ十分だと考えてしまった。

これが、彼女の運命を変えることになった。

第四章　ココとベリル

ココは魔法の基礎的な知識を、学園の外で学ぶことはできなかったが、『前世』の記憶を取り戻したことで、多少の知識を得ることはできた。

その知識もいささかの偏りがあり、大半がフィクションによるものだったが、それでもまったく役に立たなかったということはない。

少なくとも、魔法を使うときに最も大切だと言われる結果のイメージ。それを形づくることにはおおいに役に立った。

「炎よ！」

ココの声に応えるようにして、杖の先から炎がほとばしる。

それは教師の用意した立方体状の水に飛び込み、やがて水蒸気を上げて消え去った。

「よろしい、下がりなさい」

「はい！」

実践魔法の教師は、一昨年まで宮廷魔導師を務めていたという老人だった。

その経歴にふさわしい威厳と知識を兼ね備えた人物で、当然のように教授の位階を持っており、学生たちはいっさいの反発心を抱くことなく彼の言葉に従っている。

唯一の例外があるとするならば、それは彼を学園へと赴任させたデンドリティック侯爵の娘だけだろう。

「……では、ベリル嬢、次はあなただ」

「はい、承りました」

ベリルは立ち上がり、教壇の前へと向かう。

途中、最前列に座るココとルナを横目でちらりと見ると、ふたりともベリルに注目していることがわかった。

「………」

ベリルはふたりに笑いかけると、すぐに正面に向きなおる。

眼前にある立方体の水に杖を向け、集中した。

魔法の基本はイメージにある。

変化。

発現。

結果。

対価。

それらを複合的にイメージし、ひとつの事象として組み上げる。

魔力はそれらのイメージを実現するための燃料であり、イメージが正確であればあるほど必要とされる魔力の量は減る。

そして、一定の空間に存在できる魔力というものには上限がある。空間の容積こそが、存在する魔力量を決めるのだ。

一部の有能な魔導師——大魔導師が大魔導師と呼ばれ、敬われるゆえんは、その類い稀なるイメージの力によって、同じ魔力を消費することで余人よりも大きな結果を生み出すことができるからだ。

ベリルもまた、そうした才能の持ち主だった。

「炎よ」

ベリルが言葉を発した瞬間、魔力が炎をつくり出し、放たれる。

その炎は先ほどのココのそれよりも大きく、水の塊をのみ込まんばかりのサイズだった。

水の塊に接触する炎。

真っ白い水蒸気が発生し、ココたちのいる最前列の席はそれにのみ込まれてしまった。

「きゃあっ！」

「あ……」

発生したばかりの水蒸気はまだかなりの高温だ。

「風よ」

教師がすぐに風を起こし、水蒸気を吹き飛ばす。

両腕で顔を覆っていたココとルナは、恐る恐るといった様子で目を開いた。

「ごめんなさい、大丈夫でしたか？」

ベリルはしおらしい表情を浮かべながら、ココたちに近づく。

ココは慌てて両手を振ると、すぐに笑顔を浮かべた。

「だいじょうぶです！　ほら、ヤケドもしてない！」

「わたしも、大丈夫、です」

「それはなによりでした。ですが、ご迷惑をおかけしてしまったのは事実ですし、なにかお詫びをしたいのですけど……」

ベリルは申し訳なさそうな態度でココに接する。

これは彼女がこれまでの経験から導き出した、初対面の平民に最も受け入れられやすい態度だった。

少なくとも今の侯爵家令嬢の立場ならば、これが最も相手の歓心を得ることができる。

王国の平民は貴族に対して決していい感情を抱いていない。ただそれは、積極的な反乱《はんらん》などを企てるには達しない程度の、せいぜいが反発というようなものだった。

理由は簡単だ。

平民が知っている貴族というものは、自分たちに税を課することで生計を維持している特権階級でしかない。実際の貴族の生活などほとんど知らず、興味もない。日頃どこでなにをしているかも知らない。知りたくもない。当然、付き合い方など考えたこともない――それが民の本心だろう。

「そんなこと……」

（ルナちゃんに、ベリルさんは貴族のお嬢様だって聞いてたけど、思ったよりも気さくな人だな。でも……）

「授業で起きたことだし、気にしなくていいです！」

（ザクロが貴族のひとには絶対に近づくなって言ってたし、今日のところは言われた通りにしておこうっと）

それは、これまで積み上げてきた信頼の差だったのだろう。

初めて会話した貴族令嬢よりも、一年以上の付き合いのある平民の少女を信じた。

断られると思っていなかったのだろう。ベリルはわずかに驚いたような表情を浮かべ、しかしすぐに微笑んで見せた。

貴族令嬢として、本心を隠すことには慣れている。

「……そう、じゃあ、もしも怪我が悪化するようなら、必ず知らせてちょうだい」

ベリルはそう言って、ふたりの前を去る。

ただ、ルナにだけ聞こえるようなささやき声で、ひと言つぶやいた。

「もっと近づきなさい」

「…………」

ルナは顔を伏せた。

彼女はこの学園の中で、最もベリルの本心に近いところにいる人物だ。

ベリルはあえて自分の本心を彼女に見せることで、自分に反抗することの愚かさをルナに教えていた。こんな恐ろしい自分に逆らえば、どれだけひどいことになるかわからないぞ――ルナはその術中にはまり、ベリルの本質を知りつつもそれを誰かに明かすこともできず、ただ自らを押し殺して従うしかなかった。

「ルナ？　どうしたの？　顔色わるいよ？」

「う、うん、大丈夫、ちょっと、びっくりしちゃったから……」

「なら、保健室に行く？　わたし付き添うよ」

そう言ってココが立ち上がり、ルナの手を引く。

「ココさん⁉」

「せんせー！　保健室に行ってきます！」

「わかった」

教師はルナを一瞥すると、その顔色が悪いことを確認してすぐにうなずいた。

授業はもう終わりに近づいている。ここで途中退室したところで問題はないだろう。

それに、ベリルがなにかをしようとしているのならば、自分は関わり合わない方がいい。彼女は苛烈だ。自分の望みを叶えるためならば、周囲を巻き込むことも厭わない。

ベリルに便宜を図る教授が必要というだけの理由で、自分がここに送り込まれていること自体が、それを証明している。

（あのお嬢様はいささか気性が荒すぎる。なにを考えているかは知らないが、巻き込まれては大怪我をしてしまうだろう）

学園の教授として赴任できたことで、デンドリティック家に恩は感じている。思惑通りに多少の手助けをするのもかまわない。

だが、一蓮托生を課せられるほどの恩を受けたわけでもない。

ならば、それ相応の態度で接するのがいいだろう。向こうも、それ以上の期待はしていないはずだと彼は思った
（若いというのはうらやましいことだ。俺もあれほどの野心があれば、もう少しいい生活ができていたかもしれないな）

そう考えつつも、彼は今の生活が悪いものだとは思っていなかった。

もう二十五年の付き合いになる妻は、特筆するほどに美しくはないものの、この上ない配偶者だと思えるほどに心身の相性がよかったし、彼女との間にもうけた五人の子どもはそれぞれに自らの人生を歩んでいる。

もう一度過去に戻れるとしても、望んで別の人生を選ぶまいと思えるほどに、それらは彼に

とってかけ替えのない財産だった。
「気をつけるようにな」
「はい！」
元気よく返事をするココ。
彼女はただ、保健室への道すがらのことを言われたと思っているだろう。
実際には、彼女をとりまくすべてに対する警告だった。
（気づかないなら、それも仕方のないこと）
この警告は、教師としての一分によるものだ。
家族に対して顔向けできなくなるようなことがないよう、自分を守ったにすぎない。
この、宮廷魔導師上がりの教師は、そういう小さくまとまった男だった。
だが、道理を弁えた大人でもあった。

◇　◇　◇

ベリルとココの接触は続いた。
そして、ことごとくベリルの予想とは逆の結果になっていった。

ある日は、ベリルがココをお茶に誘ったものの、学園の課題があるということで断られた。

これがほかの用事であれば多少の文句も言えただろうが、同じ学生の身分ではそんなことはできない。

『では、残念ですが、またの機会にお誘いしますね』

『うん、ごめんなさい』

このときの双方の本心は、まったく噛み合っていない。

（この平民、まさかこちらの意図を知っている？　一度こちらが恩を着せてしまえば、あとはどうとでもなるというのに……）

（うわぁあああああっ！　こんなことなら、もっと早く課題やっておくんだった！　せっかくベリルさんにお茶に誘ってもらえたのに！　貴族のご令嬢と一緒にお茶飲めたのに！　わたしのばかー！）

また別の日は、ベリルがココに勉強を教えようとし、ザクロがそれを防いだ。

ザクロはココに対して幾度も接触を図るベリルに対して猜疑心《さいぎしん》を抱き始めており、ココを守るためにそのような行動に出たのだ。

『すまんなぁ、デンドリティックのお嬢様。うちの方が先約なもんで……』

『いえ、ご友人との約束があるなら、仕方のないことです。ココさん、なにかあれば遠慮なく聞いてくださいね』

『ありがとう！』

少なくとも、ザクロとベリルはそれぞれの思惑についてほぼ完全に理解していた。

ザクロはベリルが聖女候補としてのココを抱き込もうとしていると看破していたし、ベリルもこの平民の少女が自分の思惑をくじこうとしていることにも気づいていた。

だが、ふたりはあえてそれを口に出したりはしない。

彼女たちは貴族で、商人だからだ。このふたつの集団に属する者たちは、自らの得にならないことは絶対にしない。

◇　◇　◇

一ヶ月、二ヶ月と経過するに従って、ベリルの中でココの存在は小さくなっていった。

〝加護〟の扱い方も、〝加護〟を持つ者としての振る舞いも、ベリル以上の存在は同年代の中に存在しない。

彼女を脅かす可能性のある存在は、すでに彼女の配下にいる。

もっとも強大な敵は、味方にする。デンドリティック家の教えというよりも、ベリル自身がこれまでの人生で得た教訓の通りに、彼女は学園での足場固めを進めた。

「ルナ、もういいわ」

「え？」

「あの子との付き合い、もうしなくてもいいと言っているの」

「で、でも、まだなにも……」

ココと出会い、すでに一年が過ぎていた。

その間、ルナはココと交流を深めつつ、ココの持つ力について調べ続けていた。だが、これといった決定的な、ベリルが望むような、〝加護〟を特定できるような証拠は掴めずにいる。

本当に〝加護〟を持っているのだろうか——ココたちとの時間があまりにも楽しいせいで、そんなことを疑問に思うことさえ少なくなってきていた。

そんなある日、ルナはベリルから直々に呼び出された。

そして、ベリルは怯《おび》えるルナに言ったのだ。ココたちから離れろ、と。

「ここまでなにも出てこないということは、さして役に立つ〝加護〟ではないということ。あの子がわたくしたちと同じ勉強をし始めて一度でも、わたくしに勝てるような成績を修めたかしら？」

「そ、それは……」

「ならば、そういうことよ。神殿としては、ひとりの例外も出したくない。どんなちっぽけな〝加護〟であってもね。自分たち以外の誰かの旗頭にされては面倒ですもの。でも、神殿の意図はそれだけ。その〝加護〟を持つ者がどんな力を持っているかなんて、彼らにはどうでもいいのよ」

　髪をかき上げながら、ベリルは吐き捨てる。

　ベリルは神殿に対して、決して無条件の敬意を抱いているわけではない。むしろ自分がなぜ彼らの下にいなければならないのかとさえ思っていた。

「そろそろ最終試験よ。あなたも適当な成績は取りなさい。わたくしの配下に無能も無知もいらないわ」

「は……はい……」

　ルナは足もとが崩れていくような錯覚を抱いた。

　よく考えれば、当然のことだ。自分はベリルの手足にすぎない。ベリルに見捨てられたらどうしようもない。

「そういえば、これまでずいぶん楽しそうにしていたわね」

「も、申し訳ありません！」

「いいのよ、そうした方が向こうも油断するだろうから。でも、忘れてはいけないわよ？　あなたはもう、わたくし以外に誰も頼れない。あなたのお父様は敬虔な信徒で、人々に信頼される神官だけど、あなたという存在が彼の傷になるのは理解できるでしょう？」

「は、はい……」

淡々と告げられる言葉に、ルナの全身が強張る。

何度同じ言葉を投げ付けられ、自分自身を蔑んだだろうか。

それもこれも、すべてはルナが持つ〝加護〟のせいだった。

「すべてをさびさせ、朽ちさせる〝加護〟。女神様の怒りを宿したあなたが存在しているだけで、周囲の人々は不幸になってしまう。だって……」

ベリルはルナの横顔に口を寄せ、ささやいた。

「あなたがそうしてしまうから」

「そ、それは……！」

「わたくしの力ならば、あなたの力を相殺してあげられる。あなたのお父様のことだって、悪いようにはしないわ」

主教ほどの高位神官ならば、ベリルの意思でどうにかできるものではない。

しかし、地方で民を相手にしているような下級の神官程度ならば、デンドリティック家を通さずとも、神殿にいる知り合いの神官に少し話をするだけで済む。

「わ、わかりました……」

「いい子ね。それでいいわ。ああそれと、あの子たちとの付き合いをやめろとまでは言わないわ」

「え？」

ルナの驚いた表情に、ベリルは己の中にある嗜虐的《しぎゃくてき》な思考が活発化するのを感じた。だが、それを表に出すことはない。それをさらけ出すのは、狂人の行いだ。

「お友だちなのでしょう？　なら今後もお友だちとして付き合うといいわ。せっかくの学園生活ですもの、楽しまないと」

「あ……ありがとう、ございます！」

ぱあと明るく花開くルナの笑み。

それを見ながら、ベリルは内心の嘲笑を止めることができなかった。

（愚かな子。もう少し立ち回りがうまければ、わたくしがいなくても十分にいい生活ができたでしょうに）

それが負の〝加護〟であったとしても、利用価値はある。特に研究分野や軍事分野では、相手を害する〝加護〟には無限の使い道があるのだ。

だが、ルナはそんなことを考えもせず、自分の与えられた〝加護〟がなにかを朽ちさせるものだと知り、絶望した。ルナはあまりにも善性の人でありすぎたのだ。

こうした人々を利用するのならば、相手が自分に感謝するように仕向けるのが一番だ。

向こうは勝手に与えた恩を何倍にも膨らませて認識し、それに見合った働きを返そうとしてくれる。一の恩が十の成果になって返ってくる。これほど実入りのいい投資はない。

「さあ、行きなさい。学生の本分を忘れないように」

「はい……！」

◇　◇　◇

「ココ、新しい研磨機届いたでー」

「わ、大きい！」

「そりゃ西方製のいいやつやからな。とはいえ、これが一番小さいやつなんや。これ以上大きいと、さすがに寮から追い出される羽目になってまうからな」

ココの作るあらゆるものは、学生寮の中でかなりの支持を得るまでになっていた。普通ならば渋られるであろう、個人用工作道具の設置さえ黙認されるほどに。

とはいえ、寮の部屋に大きな道具を置くことはできない。

そのため、ザクロは学園と交渉し、自主研究のためという名目で寮の敷地内にある掘っ立て小屋を借りることにした。

数年前まで寮に住んでいた、ある魔導師が研究室として使用していた小屋だった。ザクロは退寮時にもとの形に戻すことを約束し、学園側の朽ちるに任せるよりも誰かに使わせた方がいいという判断のもと、使用許可が出た。

「そろそろルナの誕生日だし、がんばって作るよ！」

「眼鏡なぁ……本当に必要なんか？」

「うん、ルナね。いつも黒板を見るときに目をこう……にゅーってしてるの」

ココは両目の目尻を引っ張り、目を細める。

それがルナのモノマネなのかどうか、ザクロには判断できなかった。

「あんな髪型にしてたら、目も悪くなるわ。いや、目が悪くて、よく見るために目つきが悪くなってまうから、髪で隠しとるんか？」

「だから、眼鏡を作ってあげたら、きっと喜ぶよ」

「うーん、まあ、ココがあげるっちゅうんなら、喜ぶことは喜ぶやろな。でも、普通に考えて、眼鏡なんて簡単に作れるもんやないで？」

「大丈夫だよ！　わたし、村で村長さんの眼鏡直してあげたもん！」

ココの言葉は本当だった。

正確には直したというよりも、より屈折率を上げたということになる。

「村長さんが見えなくなった眼鏡をくれたから、がんばって磨いたんだ！」

「眼鏡って子どもが直せるようなもんやったっけ……」

首をかしげるザクロ。

さまざまな商材を取り扱うため、広く浅い知識を持つ彼女だが、さすがに眼鏡の作り方までは知らない。

ココがそれを知っていたのは、村で唯一そうした技術を持つ鍛冶屋の親父に教わったからだ。まさか鍛冶屋の親父も、実際にレンズの研磨までできるようになるとは思っていなかったのだが。

「まあ、できるっちゅうならそれでええわ。じゃあ、こっちの中古の眼鏡は、加工の材料にするためなんやな」

ザクロは研磨機と一緒に送られてきた木箱を開けた。

そこには、何種類もの眼鏡が入っている。いずれも若い女性が身につけても違和感のない、少々の装飾の施された眼鏡だ。

「このレンズの内側を少しずつ削っていくと、ぴったりになるはず」

(でも、手作業での研磨だし、何度もかけてもらうしかないよね。こっちの世界に視力検査があるか知らないけど、そもそも検査の方法なんて知らないし!)

それにしても、とココは思う。

「鍛冶屋のおじさん、なんでも作れたなぁ」

武器防具、鍋やフライパンはあたり前、農具や日常的に使う小物まで、村の鍛冶屋の親父はなんでも作ることができた。

「わたしの玩具とかも、そのおじさんが作ってくれたんだよ」

「ほー、そりゃおもしろそうやなぁ。ウチなんて、売れ残りの妙な人形とかばっかりやったで」

「ココちゃーん！」

飛び込んでくるパイリン。

「おやつの時間よ！」

「わーい！」

「おま……錬金術の実習で泊まりがけって話やなかったんか⁉」

「泊まりがけよ？　でも、ココちゃんのおやつの時間を忘れるわけないじゃない」

「同じ班の連中、なんも言わんのか？」

「なにか？　あ、そういえば……ココちゃんによろしくって言ってたわ」

「なんや、同類しかおらんのか。まったく……」

「おいしー」

「そう？　こっちのフルーツケーキもおいしいわよ。ザクロも食べたければどうぞ？」

「ウチはついでなんやな。ま、ええわ」

もぐもぐとおやつを食べる三人。

「これたべたら……もぐもぐ……レンズみがいて……むぐむぐ……」

「わかったわかったから、食べてから話そうな？　心配せんでも、誕生日びっくりパーティは逃げへんって」

「うん！」

こっそりという割には、ココの工房にはいつも誰かが出入りしていた。

ココをかわいがるためだけにおやつを持ってやって来るパイリンのような者もいれば、一族伝来の髪飾りを不注意で壊してしまったため、修理してほしいという真剣な依頼人もいた。

ともかく、そうした人々の間でココはしっかりと足場を固めつつあった。

それは、ココも、ベリルも予想していないほどに強固な足場だった。

第五章　敗北感

ルナの誕生日は、試験明けの週末にあった。

ココたちはココの『工房』を飾りつけ、なにも知らずにやって来たルナにクラッカーの爆音で以て歓迎の意を示した。

「ひゃあああああっ⁉」

その際、ルナが腰を抜かしてしまったという点に関しては、ココたちは深く深く反省する。

だが、それ以降のパーティには、なんの影響もなかった。

「ルナ、誕生日おめでとう！　これ、わたしとみんなからだよ！」

「毎日使えるもんやで？」

「え？　なにかな……」

ココが差し出す布張りの箱の中には、美しい装飾の施された眼鏡があった。

高純度の天然水晶を魔法で加工したレンズを、さらにココが修正した代物だ。

「このレンズ……もしかしたらって思ってたけど、こんなにキレイな眼鏡だったなんて……」

「レンズを試してもらう以上、どうやっても眼鏡のことは隠せんからな。ほかのところで驚かす方向でいろいろやったんや。その眼鏡のフレームな……おっと、贈り物の値段なんざ口に出すもんやないな」

「そんなに、高いものなの？」

ルナは慌ててそれをココに突き返した。

「も、もらえない……ダメだよ……」

「え？　どうして？」

「わ、わた、私は、そんなものを、もらえるような人間じゃない」

〝加護〟の存在があきらかになってから、ルナは自分に向けられた失望の眼差《まなざ》しを思い出す。

それらはかつて、期待に満ちていたものだった。

それが反転し、黒く転じるさまを、ルナはよく憶えている。

「あ、りがとう、でも、本当にいいの……」

場が静まり返る。

ザクロが天井を見ながら、うんうん唸《うな》った。

「ウチが余計なこと言ったからやな。すまん」

「ザクロさんは、悪く、ないよ。私が、ダメなだけ」

自分が悪い。

自分のせい。

自分の責任。

ルナはそう考えることでこれまで生きてきた。

そういうふうに考えることで、自分の置かれた状況に納得してきた。

「ちがうよ、ルナ」

だが、ココにはそれが通用しなかった。

いつもの太陽のような、けがれのない眼差しではない。月のように静かで、深い眼差しがルナに向けられる。

「ルナはわたしたちのお友だちだよ。わたしたちがいつも味方だよ」

「ココさん……」

ココはルナを抱き締め、背中をぽんぽんと叩く。

「いつもがんばってるね。だから、これはみんなからのごほうびだよ。だから、これはルナのだよ」

（がんばってる子は、ちゃんと報われないとダメなんだ。がんばることは大変なことだし、誰かが知っていて、認めてあげないとつらいもん）

ココはよく知っている。努力し続けることは才能だ。

ルナは毎日の勉強に加え、ココたちは知らないが、ベリルから与えられた〝加護〟の研究も毎日欠かさず行っている。

その上で、ココたちと一緒に勉強したり、湖に遊びに行ったりしているのだから、ルナが優秀でないわけがない。間違いなく、学園有数の秀才だろう。

実際、彼女の評価は、教師陣の中ではかなり高い。ルナ自身はそれをベリルの存在ゆえだと思っていたが、たとえ彼女がベリルと無関係であったとしても、その評価が揺らぐことはない。

この学園が今の地位を確立し、守り続けていられるのは、俗世のしがらみとは無関係でいられないながらも、それでも自分たちの独立を保とうとする者たちがいるからだ。

彼らは王家や貴族から圧力を加えられても、場合によっては学園に災いが降りかかるとしても、学園内でのみ通用する価値観を基準として学生たちを見る。それが学園の価値を保つために必要なことだと判断しているのだ。

そうした者は、ルナのことをきちんと評価している。

「はい、これはあなたのもの」

「……うん」

今度こそ、ルナは眼鏡を受け取った。

磨き上げられたレンズがきらりと輝く。

先ほど受け取ったときよりも、少しだけ軽く感じるのは錯覚ではないだろう。

ルナの中でたしかになにかが変化した証だった。

◇　◇　◇

それは突然やってきた。

ココにとっても、ベリルにとっても突然だった。

いや、ココやベリルだけではない。彼女たちの周囲にいた者たちすべてにとって、突然起きた変化だった。

その変化は、その年の最後の試験の翌週に起きた。


「あら、ずいぶんと騒々しいですわね」

ベリルが教室棟の一階にあるホールに現れたとき、そこは掲示板に貼り出された試験の結果をひと目見ようとする学生たちで賑わっていた。

「ベリル様?」

ベリルの取り巻きのひとりが、彼女に気づき近づいてくる。

あまり成績はよくないものの、実家が大きな商会であるためにベリルは彼と懇意にしていた。

「わざわざご覧にならなくとも、よろしいのではありませんか? いつも通りに学年ごとの成績は全科目トップでしょう」

「それでも、全学年合同の科目ならば、わたくし以上の成績の方はたくさんいらっしゃいます。そんな方々の名前を知っておけば、これからいろいろとご教授願えるではありませんか」

「おお、さすがベリル様。常に向上心を忘れず、勉学に取り組んでいらっしゃる!」

あたり前のお世辞に、ベリルは内心でつまらなそうに嘆息した。

ベリルは、もう少ししゃべっていておもしろい誰かがいないかと周囲を見回していると、掲示板の前に集まっている学生たちの声が聞こえてきた。

「おい、これどういうことだ?」

「デンドリティック家の……」

「まさか、いやでも、ヴィオレット導師の授業なら、間違いなんて……」

「どうするんだ?　ほかの科目は全部トップだから、総合でトップなのは間違いないけど……」

なにが起きている?

「っ⁉」

彼らの会話に自分の名前が含まれていることに気づいた瞬間、彼女は取り巻きをそこに置き去りにして足早に掲示板に近づいた。

そして、気づく。

「な……ッ⁉」

専攻した十二科目のうち、合同科目の三科目は上位ではあるものの、トップではなかった。

だが、これは問題ではない。

先ほどの彼女自身の言葉通り、この科目には上級生の研究学生も含まれているからだ。むしろ、今のベリルの年齢でこれだけの成績を修めていることは、驚異的といっていい。

だが、同じ年に入学した者たちだけが比較対象となる残りの科目。

その中のひとつで、ベリルは次席に甘んじた。

「生命魔法……」

魔法学の中でも最難関学問のひとつに数えられる、生命魔法。それを学ぶ生命魔法学では、多分に実践が重視される。

机上での研究と実践を繰り返すことで、学生各々の技量を高めていくのが、生命魔法学の首席教授である導師ヴィオレットの方針だからだ。

彼女は常に学生たちに課題を与えたが、滅多に期限を区切ることはない。ただ、魔法の実践によって作り出された成果物を研究室に持ち帰り、詳しく分析することで学生たちに順位をつけていた。

「そんな……馬鹿なこと……」

ベリルは日頃決してはずすことのない仮面がはずれそうになっていることにも気づかず、呆然と立ち尽くした。

そして、そのままいくらかの時間が経った頃、先ほどの取り巻きが彼女の傍らにやって来た。

「さすがベリル様！　一科目を除いて、すべて首席ではありませんか！　しかもその一科目も、次席であられる！　デンドリティック家の誉れですな！」

「くっ」

一瞬、ベリルの顔が憎悪にゆがむ。

それを引き戻そうとする理性によって、彼女の美しい顔は醜くねじ曲がった。

まるで神話に登場する、魔族の尖兵のような顔。

ベリルは自分が浮かべている表情に気づかないまま、うつむいた。

「ベリル様、どうされました？」

取り巻きはベリルの内心に気づかない。心配そうな表情を浮かべている彼を、ベリルは怒鳴りつけようと口を開き、そしてその瞬間に耳に入った声にすべての表情を失った。

「あ、ココすごいやんか！　生命魔法学で一番やで！　なんかいつもおもしろい順位になる科目やけど、やっぱり今回もすごいことになってるわ」

「ヴィオレット先生、入学したときにお庭で少しだけお話ししたときも思ったけど、すごく不思議な人だよね。今も授業の後にたまにお話しするけど、やっぱりなに言ってるかよくわからないよ」

「あの偏屈魔女に絡みに行く学生なんて、ココか変人か、ろくでもないこと考えてる奴のどれかやろうなぁ」

ベリルはただただ、静かだった。

そして静かなまま、その場で身を翻す。

かの魔女に、事実を問いたださねばならない。

「成績は貼り出した通り。それ以外はない」

ヴィオレット導師はベリルの詰問に対しても、まったく動じることなくそう答えた。

デンドリティック家の力が通じない相手であることはすでにわかっているが、さらにベリル個人の怒りを前にしてもまったく動揺することがないのは、さすが学生たちに魔女の異名を奉られるだけのことはある。

「では、わたくしは実力であの子どもに負けたということですか?」

「そうよ。あなたはあの子に実力で、この上なくはっきりとした差をつけられて負けた。それは私以外の生命魔法学の教師たちも認めるところよ」

「くっ」

学生の成績はひとりの教師の一存で決められるものではない。

成績の基準をひとりの教師がつくることはあっても、それを実際の解答と照らし合わせる作業は、同じ科目の別の教師が行う。そうすることで教師が特定の学生の成績を改ざんすることを防いでいるのだ。

ヴィオレットは導師の称号を与えられるほどに、生命魔法に精通している。神官としての位階さえ、その魔法の研究と行使による功績で主教に叙されているほどだ。

デンドリティック家など、彼女にとっては有力貴族のひとつにすぎない。そしてそこの令嬢であるベリルも、優れた〝加護〟を持つ、少々成績のいい学生のひとりでしかなかった。

「導師は彼女と知り合いと聞いています。彼女に有利な基準を設けたのでは？」

「ずいぶんとおもしろい仮説ね。でも、あの子とあなたの結果を比べたら、あなた自身でさえも同じ結論を出すでしょう」

「――どういう意味でしょうか？」

「見てみればわかる。ごらんなさい」

そう言って、ヴィオレットは杖を振る。

空中に浮かんだのは、ベリルが提出した課題――生命魔法によってつくられた疑似植物の姿だ。

「とても素晴らしい花だった。香りも、大きさも、まさにデンドリティック家にふさわしい華麗な花々だった」

「お褒めいただき、感謝いたします」

「それに比べて、あの子の花はずいぶんと小さかった。ただ、この試験は花の大きさや美しさを比べるものではないということはたしか。私があなたたちに課したのは、生命魔法を用いて疑似生命を持つ植物をつくり出すことだったわね？」

「はい」

あまりにも単純な基準。

しかし、生命魔法の基準として、この上ないほどにふさわしい。

だからこそ、ベリルはただ単に疑似生命を生み出すのではなく、そこに美しさという付加価値も与えたのだ。

しかし、ヴィオレットはそれを認めなかった。それについては、ベリルも反論するつもりはない。ベリルにとって価値のあることだったとしても、ヴィオレットにとっては無価値だったというだけのことだ。

文句があるのならば、ヴィオレットの価値観を覆すだけの力を見せなければならない。

「これが、あの子の提出した課題」

再び振られる杖。

映し出されたのは小さな鉢植えの花だった。

「その辺りにでもありそうな花。でも、課題としては基準を満たしている」

「…………」

それも認めよう。

それが基準に収まっているのならば、課題として認めるのは当然のことだ。

「この花が、わたくしのつくった花よりも優れていたということですか?」

「ええ、そうよ」

「でも、こんな……」

小さな鉢植えの花は、今にもしおれてしまいそうなほどに頼りない。

そう言いたげなベリルに、ヴィオレットは多くの皺が刻まれた顔に、よくわからない表情を浮かべた。

それはベリルには笑みにも見えたし、悲しみにも見えた。

確実なのは、彼女が表情を変えたということだ。

「では、これを見なさい」

ヴィオレットはこれ以上、ベリルと会話することの意味を見出せなかった。

目の前の学生は、自分を高めるためではなく、他人を蹴り落とすためにここにいる。ならば、相手をする価値はない。

彼女は、ベリル自身に勝敗を決めさせることにした。

「さあ、これでもう話は終わり」

ヴィオレットは背後を振り返り、窓のカーテンを開いた。

「っ！」

ベリルは息をのんだ。

そこにあったのは、ココが提出した課題の疑似植物。

ひと月以上も前に創造主の手から離れた疑似生命が、まだそこに生きていた。

「そんな……」

ベリルは愕然とした。

「疑似生命は、創造主からの魔力供給を受けない限り、一週間と持ちこたえられないはず……」

「その通り。でも、これは生きている。おそらく、あと十ヶ月は生き続けるでしょう。これが多年草でなくてよかった。もしもそうなら、あの子を無理やりにでも弟子にしなければならなかった。魔法の使い方を間違えないよう、徹底的に仕込む必要があったでしょうから」

「…………」

ベリルは愚かではない。

愚かではないからこそ、決意した。

「……いいわ、相手にしてあげる」

年下であろうとも、平民であろうとも、こちらに対してまったく敵意を持っていなくとも、関係ない。

ココは、ベリルにとっての脅威だ。

ならば、それを排除しなければならない。

第六章　花壇

ベリルはすぐに行動を開始した。

ココは普通の方法では排除できない。力ずくで排除するには、あまりにも時間が経ちすぎていた。

ココの存在は学園の多くの人々が認識している。それも、かなりいい印象を持った上で認識している。そんな状況でココを排除すれば、事の真相を確かめようとする者が現れるのは間違いない。ベリルまでたどり着くことはできないとしても、大きな騒動になるのは確かだ。

ならば、彼女自身の意思で自分の前から立ち去ってもらう必要がある。

あの商人の娘とて、ココ自身の意思を軽んじるわけにはいかないだろう。

ベリルはすぐに行動し、学園に対して働きかけて、ココに教室棟の中央にある、中庭の一部を花壇として使用する許可を与えさせた。

建前は以前からココが求めていた、工房で使う一部素材の栽培のためとなっている。

「さあ、存分に楽しみなさい。ほかの学生たちにも、よく見せてあげるといいわ。あなたのぶざまな姿をね」

ココは精力的に花壇の手入れをした。

毎日毎日欠かさず土いじりをした。

三年目の学園生活はみんなそれなりに忙しく、ほとんどひとりで作業をすることになってしまったが、それでも楽しそうに毎日花壇で作業をしていた。

「よいしょ……よいしょ……」

花壇の土を耕し、必要ならば肥料などを追加して、土の性質を求める形へと変えていく。

ココがつくりたいのは普通の観賞用の花ではなく、細工の材料として加工するためのものだ。すりつぶして金属に塗ることでほかでは見られない光沢を出す薬草、漬け込むことで酸化を抑える薬草、花弁を煎じて煮出すことで、金属の汚れを融かし落とす花など、普通ならば学生ではなく、教師が管理する温室でつくられるようなものが大半を占めている。

簡単に育てられるようなものではない。

それでも、ココは楽しそうに作業を続けた。


「はあ？　ココが裏口入学やて？　なんやそのくだらない噂、特待生なんやから、裏口も表口もあらへんやろ。家主が招待したってことやで？」

「そんなことわかってるわよ。でも、ココちゃんを知らない子たちや、学園に来て日が浅い子たちは信じちゃうのよ。だって、ココちゃんが私たちよりも、三つ以上年下なのは事実だもの。あと、本人がまったくそういうことを気にしなくて、訂正しないせいもあるわね」

パイリンのため息に、ザクロもつられそうになる。

だが、なんとかこらえた。

「でも、今さらっちゅうもんや。ココはまじめやから、科目によっちゃウチらより成績がいいし、学園の先生かてなんかしようとは思わんやろ」

今のココの成績は、平均的といって間違いない。

一部の科目では上位だが、別の科目では再試すれすれを這《は》っているという有様だが、ならしてしまえばごく平凡である。

年齢的なことを考えれば、大健闘といって間違いない。

学園からすれば、〝加護〟を持つがゆえに特待生として迎えたのだから、普通の特待生――優れた業績、成績ゆえにいっさいの費用を学園が負担する形で入学する学生――と同じ基準での成績など求めていない。

学園としては、最低限の学力を保ち、〝加護〟を持つ者として必要な知識と常識を学んでさえくれればそれでいいという立場だ。今になってココの成績を持ち出されたとしても、なにもできないし、するつもりもないだろう。

少なくともココは、学園の求める基準はクリアしているのだから。

「――でも、ココちゃん優しいから、変なこと言われて泣いちゃうかも」

「そうなったら、泣かした奴を泣かすまでや」

ぐっと拳を握るザクロ。

鉄拳制裁も辞さない自称保護者をよそに、ココは今日も花壇の手入れをしていた。

「お水〜〜お水〜〜」

金属製のジョウロを手に、花壇に水を振りかけるココ。

日の光に照らされた水が虹をつくり出し、魔力がそれに反応する。

魔法ではない。ココはなにもイメージしていない。イメージしていないのだから、魔法は発動しない。しかし、〝加護〟は違う。

「あ、ひかった！」

無意識であっても発動する。意識すれば、より強く発現することになる。

（花が元気になりますように、花が元気になりますように）

ココは願う。

本来の魔法の発動方法ではないが、これがココにとっては一番合っているようだ。より光が強くなり、虹色の光が水と共に花壇の土の中に染み込んでいく。

「あら、おもしろい力を使うのですね」

「え？」

振り返ったココの目の前に、ベリルがいた。

彼女は胸を張りながら腕を組み、ココと彼女の花壇に静かな眼差しを向けている。

（怒ってる……とは違うと思うけど、どうしたんだろう……）

ココも自分が裏口入学をしたという、最近の噂は知っていた。

ただ、自分自身ではどうしようもないため、なにも知らないフリをしている。

「あの、どうかしたんですか？」

「いいえ」

だが、ベリルにとっては不快な噂だろうと思う。

「あの、ベリルさん、わたしは……」

「あの噂のことなら、気にしなくて結構。わたくしはあなたの同級生ですよ？　あなたがどうやって入学してきたのか、よく知っています」

「そ、そうですよね」

「でも、あなたはなにをしているのですか？　そんな噂が立ったのなら、そのもとを断つべきでしょう。わたくしに相談してくれれば、すぐに力を貸してさし上げたのに」

淡々としたベリルの言葉に、ココは怒られた犬のように体を縮こめた。

ココはベリルが苦手ではない。だが、ベリルのように絶対的な自信というものは持ち合わせていない。

そのせいで、ココはベリルに対して気後れしていた。

「…………」

しかし、その気後れさえもベリルには不快だった。

「わたくしはそんなに頼りになりませんか？」

まさか、自分など相手する価値もないと思っているのか——ベリルがココに対して抱いている怒りの大半は、そこに帰結する。

「そんな！　ベリルさんはいつも優しいですし、お勉強だってわたしよりずっとすごいじゃないですか！　わたし、ベリルさんみたいになりたいっておもってるんです！」

「………」

キラキラとした眼差し。

それは純粋な憧れが宿った瞳だった。

「あなた……」

ベリルは、そんなものを見たことがない。

これまでの人生で一度だって、そんなものを向けられたことはない。

「ほら、わたしって田舎者ですし、ベリルさんみたいにキレイで、なんでもできるひとってすごいなって思うんです」

「そう……」

ベリルはそう答えると、ココに背を向けた。

もうこれ以上ここにいたとしても、ココから望むような答えは聞けないだろう。

彼女は、ココが自分に向けられた悪意と軽蔑の視線に耐えられなくなり、怯えることを望んでいた。

そうすることで初めて、ベリルは精神的にココに対して優位に立てる。

だが、ココは自分に向けられるあらゆる負の感情に対して、ベリルが期待していたような行動を取ることはなかった。

「では、がんばってください」

「はい！」


花壇から立ち去り、ベリルは思った。

なぜだ。

なぜ、あの子は笑っていられるんだ。

自分がなにも悪いことをしていないというのに、向けられる悪意。

訳がわからず助けを求めても、自分の弱さを責められる。

悪意に対抗するには、強さが必要なのだ。

強さだけが、正しいはずだ――。


「ベリル様……」

取り立てて特徴のない女子学生が、ベリルに近づいてくる。

その女子学生に向かって、ベリルは言った。

「やりなさい」

「は……」

具体的な内容は言わない。

いちいち事細かに指示せずとも、主人の意をくんで行動するのが使用人というものだ。

実際には侯爵家とはなんら関係のない学生だったとしても、これまでベリルによって教育されてきた女子学生は、ベリルの実家の使用人と同じだけのことができる。

「敵意には怯えなければならないのよ。怯えたくなければ、それを跳ね返すだけの力が必要なの。そうでなければ……」

そうでなければ、生きている資格はない。

幼いからと、敵意に気づかないまま過ごせるなどという幻想は、さっさと捨て去るべきなのだ。


数日後の夜、中庭に複数の人影が現れた。

彼らは指示された通りに中庭を進み、つたない字で『ココの花壇』と書かれた看板が刺さっている場所までやって来た。

彼らは互いにうなずき合うと、持ってきたシャベルを振り上げた。


「ココ！　大変や！」

翌朝、ひと足早く起きていたザクロが血相を変えてココを揺り起こした。

「ううう〜〜……」

一度眠ったらなかなか起きないココは、ザクロの声から逃れるように何度も寝返りを打った。

「ココ！」

それでも、ザクロの声はやまない。

それどころかどんどんココの体を揺らす力が強くなっていく。

「あんたの花壇が大変なことになっとるんや！　早《は》よ起きいっ‼」

「えっ」

花壇という言葉を聞き、飛び起きるココ。

そのまま飛び出そうとするココを、ザクロが慌てて止める。

「寝間着のまんま出ていこうとする奴があるか！　ほら、急いで制服に着替え！」

「でも……」

「でももヘチマもないわ！　ほら、ばんざーい！」

「ばんざーい」

ザクロによってすぽーんと引き抜かれる寝間着。

彼女は手慣れた様子でそのまま一気にココの髪型を整え、口の中に歯ブラシを放り込む。

「ほら、ごしごしごしごし」

「ごしごし……」

ザクロの言葉通りに歯ブラシを動かすココ。

その背後でザクロが髪をまとめ、整えた。

「うがい！」

「がらがらがら……」

共用洗面台まで背を押され、うがいをするココ。

そのまま部屋に戻り、制服を頭からかぶせられた。

「両手を広げてぐるっと回る！」

「ぐるぐる……」

ココがぐるぐると回っている間に、ザクロがスカーフなどのアクセサリーを取りつけていく。

幸か不幸か、ココに化粧は必要ない。

これがザクロやパイリンであれば、最低限とはいえ化粧の時間も必要になる。

「よっしゃ、行くで！」

「しゅっぱーつ！」

やり取りだけならば、いつもと変わらない出発風景。

ココはこのとき、ザクロがあえていつもと同じ行動をすることで、ココの動揺を最低限に抑えようとしていたことに気づかなかった。


中庭には、誰もいなかった。

ただ、中庭をぐるりと囲む校舎の窓から、学生たちが覗き込んでいる。

彼らはココが中庭に現れると、気まずそうに窓から離れていった。

「?」

(なんだろう。でも花壇が大変って、風で苗が倒れちゃったのかな……)

ザクロは詳しい説明はなにもせず、ココのうしろについてきている。

いつもならココの隣で騒々しくしゃべっているザクロだが、この日はとても静かだった。

「…………」

やがて、花壇が見えてきた。

中庭の中央にある大きな木を回り、いくつか並ぶベンチの間を抜けると、ほんとうに小さな小さなココの花壇がある。

その花壇は、めちゃくちゃに壊されていた。

「え……?」

思わず足が止まるココ。

昨日まですくすくと育っていた苗が、花壇からだいぶ離れた遊歩道の上に散乱していた。

地面は掘り返され、ココがひとつひとつ丁寧に小石を取り除いた土には、どこから持ってきたのか、大量の小石が放り込まれていた。

それだけではない。

つんと鼻を突くにおいは、なんらかの薬品だろうか。

(このにおい、村で嗅いだことがある。たしか、雑草を枯らすためのお薬だったような……)

それが土に混ぜられている。

もしもこのまま小石を取り除いて土を埋めなおしたとしても、当分植物が生えることはないだろう。

あまりにも徹底的な破壊だった。

小さな小さな、中庭にある立派なほかの花壇と比べたら、本当に小さな、大人の歩幅二歩分四方しかないような花壇に行うにしては、過剰すぎるほどの破壊が行われていた。

「う……」

その場にしゃがみ込み、投げ捨てられていた苗を手に取る。

それらは、踏みつけられていた。

別の場所に植えなおしたとしても、もう育たない。

「なんで……」

（なんで、わたしの……こんな目に……どうして……）

心と体が一致した感情に支配される。

「う……ううう……」

それは悲しみだった。

そしてその悲しみと同じ大きさの、自分の努力が破壊されたことに対する憤りだった。

「うう……うわぁああああんッ！」

大きな口を開け、泣き叫ぶ。

その声は中庭から校舎へと、さらに校舎内を通り抜けていく。

「ココの、ココのお花……おはながぁ〜〜っ！」

「悲しいな、うん、うん」

大粒の涙を流しながら泣くココに、ザクロはただ同意の言葉を返す。

ここでなにを言ったところで、ココには届かないだろう。

ただ、泣くことが正しいのだと伝えられたら、それでよかった。

「ココさん……」

中庭を遠くに望む廊下から、ルナはココたちの様子を見ていた。

本当ならば近くに行って慰めてあげたいところだが、今のルナにはそれが許されない。

「なにをしているの?」

「あ、すみません! すぐに用意をします!」

中庭を見つめるルナの背後にヴィオレットが立つ。

今のルナは、彼女の研究室のメンバーなのだ。

ココたちのアドバイスで始めた研究がヴィオレットの目に留まり、正式な研究学生として彼女の研究室に所属している。

「なにやら騒がしいわね」

「す、すみません」

「あなたのことではありません。——あの子どもは、たしか……」

ヴィオレットはすぐにココに気づいた。

あんな課題を提出してきた学生を忘れられるわけがない。

「なにがあったの?」

「実は、あの子が面倒を見ていた花壇が——」

ルナはつらそうに事情を説明した。

それを聞いたヴィオレットは、わずかに顔を伏せる。

「……馬鹿な子ね。こんなことをしても、なんの意味もないのに」

ヴィオレットにはすぐに犯人がわかった。

だが、わかったからといって、なにか行動するつもりもなかった。

右も左もわからない新入生ならともかく、すでに何年も学園に在籍している学生を、頼まれもしないのに助ける理由はない。

そうした判断も、学生が養うべき感覚のひとつなのだ。

「行きましょう、そろそろ実験の時間よ」

「は、はい」

後ろ髪を引かれる思いで、ルナは何度も振り返った。

ヴィオレットはそれに気づきながらも、なにも言わなかった。

ただ、今回のこの騒動の結末は犯人の思惑通りにはいかないだろう、という、強い確信だけはあった。

◇　◇　◇

ココは泣いた。

半日ほど泣いて、泣きながら花壇を直し始めた。

途中、小雨が降り始めたため、明るい黄色の雨合羽を着て作業を続けた。

ココの顔に流れる水滴が、涙なのか雨なのか、見ている者たちにはわからなかった。

「いったい誰が……」

「きっと貴族の誰かよ、ほら、あの子のこと馬鹿にしてた人が何人もいたじゃない」

「ああ、ザクロとかにボコボコにやり返されてた……」

「やっぱり、裏口入学なんてするから……」

「いつだったかの生命魔法の試験での成績も、そういうことだったのかもな」

「田舎者の子どもなんだし、別に気にするほどのことでもないだろ。例年ならもうすぐ……」

「ああ、もうすぐ託宣の時期か」

多くの学生にとって、ココに降りかかった不幸は、しょせんは他人事《ひとごと》の、自分とは関わりのない不幸だった。

しかし、ココはこれまでの間に、多くの学生たちと交流を重ねてきた。

平民、神官、貴族を問わず、多くの学生たちから仕事の依頼を受け、応えてきた。

そんな形でココと関わりを持った人々にとっては、他人事の不幸などではなかった。

「いくらなんでも、ひどすぎるだろ」

「ねえ、噂だと、あのデンドリティック家のご令嬢が黒幕だって」

「なんでだよ、あの子、別にあのお嬢様と仲悪くないだろ?」

「ほら、例の試験で……」

「あのたった一回で？　嘘だろ？　いくらなんでも、一度負けたくらいでそんなことしないんじゃないか？」

「相手が貴族なら、一度で十分かもしれないわよ」

かつて、ココに対する噂が立ったことがある。

それはいわれなき誹謗中傷《ひぼうちゅうしょう》といえるものだったが、今回もまた同じような噂が広まった。

この一件こそが、ココの不正行為の証拠だ。あの試験の課題はこの花壇で育てていて、証拠隠滅のためにすべてをぶち壊しにしたのだと言う者さえいた。

だが、今回はここで終わらなかった。ココを擁護し、犯人を責める噂も駆け巡ったのだ。

本来ならココをかばう必要はない。なんの得もないからだ。

この学園に入学するほどの社交性を持つ学生ならば、余計なことは口に出さないだけの判断力を持っているはずだった。

だが、今回はそうはならなかった。

「ココ、好かれとったんやな」

ザクロがうれしそうに笑うほど、ココを擁護する声はたしかに存在した。

多くの学生が損得勘定でものごとを判断する。それはある意味で正しい。

だが、ココはそうしたことをいっさいしてこなかった。そのため、身分の区別なくココを知っている人がいたし、ココの不幸に対して怒りの声をあげた。

ココのピンチを救おうと、積極的に行動を起こす人たちもいた――。

「とりあえず、土の入れ替えでも手伝ってくるか」

中庭の手入れを担当する庭師は、ココの授業中にこっそり土の入れ替えを手伝った。腰痛に効くという薬草を教えてもらったことがあり、そのおかげで仕事を続けられるようになったからだ。

彼にとっては、自分と家族を救ってくれた恩人だった。行動を起こす理由としては十分だ。

神官一家のとあるひとり娘もまた、ココを擁護するひとりだった。

「同じ花の苗、まだどこかにあるかしら……」

娘は知り合いの学園職員を通じて新しい花の苗を手配した。意中の人に告白できないまま何年も悶々としていた彼女は、たまたま食堂で隣に座ったココに愚痴をこぼした。ココはその愚痴を真剣な顔で聞いた後、花の香り付き便箋での告白を提案した。

ちょうど作ったばかりだからと、部屋に駆け戻って便箋を持ってくると、笑顔でそれを娘に手渡した。きっと相手も待ってるよというひと言に背中を押され、娘はこれまで育ててきた想いを手紙に綴り、送ることができた。

中には、学園側の対応の鈍さに痺《しび》れを切らし、犯人捜しに乗り出す〝強い〟味方もいた。

「足跡の感じからすると、複数の男子だな。かなり深いところまで掘り返してるし、間違いないだろう」

「事件当日の聞き込みをするか。くくく、楽しくなってきたぜ」

聖騎士を目指す男子は、独自に捜査の真似事を始めた。

彼らは訓練で使う鎧《よろい》を何度もココに直してもらっていた。騎士にとって鎧とは誇りだ。

その誇りを守ってくれた相手を守ることに、深い理由など必要なかった。

そして——。

「ルナさん。これをお友だちの花壇に取りつけておきなさい」

「ヴィオレット教授……こ、これって……」

「あの子の育てる木々は、私の研究対象にふさわしいわ。勝手に処分されないよう、その立て札を立てておきなさい」

「はい！　ありがとう、ございます！」

「お礼なんていいから、仕事しなさい」

「はい！」

導師ヴィオレットが、ココの花壇を研究対象としたことと、一部の学生が、研究や訓練を理由に夜間の中庭を歩き回るようになったこともあり、ココの花壇に同じ被害は二度と発生しなかった。

「わかったわ。放っておきなさい」

ベリルの決断は早かった。もともと一度だけのつもりだったから、心残りはない。

「しばらくおとなしくしているように。ほかの者にも伝えなさい」

「はっ」

配下の女子学生は、感情を感じさせないベリルにおののきながらも、礼儀に乗っ取った態度を崩さずにその場を辞した。

残されたベリルは無表情のまましばらく黙り込んでいたが、やがて大きくため息を漏らすと翌日の授業の準備を始めるのだった。


騒動から半月が経過した。

ココの花壇はおおむねもとの姿を取り戻し、再び小さな芽が顔を出し、成長し始めていた。

「お水～～お水～～」

キラキラと輝くジョウロの水。

ココの〝加護〟を受けて、苗たちは成長していく。

前回のときよりも力強く、大きく、まるで成長できなかった苗たちの分まで大きくなろうとしていかのようだった。

「よっしゃ！　今度こそ花見や！　弁当作るで！」

「お菓子も作らないとね！　がんばっちゃうわよー！」

「お茶……用意するね？」

ココはもとより、友人たちも花が開くのを楽しみにしていた。

そしてその花が咲く頃、学園の鐘楼につるされた、白金の鐘が鳴り響いた。

普通ならば絶対に鳴らないその鐘は、神の意思によってのみ、その音を響かせるという。

その神の意思とは――。


「全学園生に告げる。女神様の意、しかと届くものなり！　敬虔なる者たちよ、ひざまずき、神の言葉を聞くがいい！」

この学園の存在意義。

「これより、聖女の託宣の日取りを告げる！」

新たな聖女が、生まれようとしていた。

第七章　ココ、聖女となる

聖女の託宣を前に、複数の女子学生に学園から使者が送られた。

使者が携えるのは、学園ではなく神殿上層部が記した召喚状と、聖女候補者がまとう白を基調とした装束。

女神の姿を模したというその聖衣は、少なくとも聖女の候補者とならなければ、袖を通すことはできない。

「アカン！　これデカい！」

「仕立てなおすわよ！」

「あいたっ」

「み、みんな、わたしがやるから……」

「あんたはさっさと儀式の式次第ぜーんぶ覚えるんや！　神様相手にとちったら、なに起こるかわからんで‼」

「わ、わかった！」

ココの装束は、あきらかに大きかった。

というよりも、ココが小さすぎた。

儀式の手伝いを申し出たザクロたちは、てんやわんやの大騒ぎだ。

同じく聖女候補となったルナの手直しが最低限で済んだのに対し、ココのそれは三日三晩必要だった。

しかし、直さないわけにはいかない。

儀式の最中に裾を踏んですっ転べば、神殿からなにをされるかわかったものではない。

一応、学園もココの体の大きさに思い至ったのか、同じようなデザインのベルト類を提供し、とりあえず形だけは整えられるよう手助けをしてくれた。

そのおかげもあり、なんとか儀式当日の朝、ココは候補者の聖衣に身を包むことができた。

あとは途中で転ばないよう、男子が交替で儀式の行われる学園内の聖堂まで背負って運ぶことになった。

「ヴェールとか裾とか、みんなちゃんと持ったか⁉　こけるときはひとりで素っ転ぶんやで！」

「うおおおおおおっ‼」

なぜかわからないが、気合十分のココ一行。

彼女たちが聖堂に向かった頃、別の部屋からも聖堂に向かう候補者がいた。

「…………」

これで、自分は聖女となる。

疑う余地はない。

自分以上に聖女にふさわしい者はいないのだから。

「ベリル様、まいりましょう」

「ええ、よろしくお願いします」

聖騎士の家系の男子学生数名が、さながら本物の聖女を警護するかのように四方を固め、ベリルを聖堂へと導く。

その姿だけを見れば、たしかにベリルは聖女そのものかもしれない。

しかし、それを決めるのは彼女たちではない。

天にいる、彼女たちが女神と呼ぶ存在だ。

◇◇◇

聖堂に響く荘厳なオルガンの調べ。

はるか昔に神からの啓示を受けたという作曲家が作り上げた曲で、女神を称える内容だ。

聖歌隊に属する学生たちの歌声の中、七人の聖女候補生が聖堂の中央へと進み出た。その中に、小さな人影がひとつある。

「ココ、転んだらあかんからな、フリやないからな」

「ザクロじゃないんだから、大丈夫に決まってるでしょ」

「いや、まあ、そりゃそうなんやけどな」

背後からのツッコミを受け、ザクロがばつの悪そうな顔をする。

上階の席から儀式を見守る学生たち。

すべての学生が集まっているわけではないが、候補者となった学生の知り合いは大半が集まっていた。

「ルナちゃん、キレイね」

「ほんま、いつもあんなふうに髪型整えときゃ、男なんて選り取り見取りやっちゅうのに」

「あの子、そういうの興味ないんじゃないかしら」

ザクロとパイリンの言葉通り、ココと一緒に聖堂を進むルナは、いつも顔を隠している前髪を整え、素顔をあらわにしている。

ヴェールをかけているから、完全に素顔というわけではないが、それでも普段の姿からは想像できないほどに、美しい。

「おっと、そろそろ始まるみたいや」

聖堂の奥から主教たちが現れる。

普段は学園ではなく、各地の神殿や神殿の総本山である聖都にいる人々だ。

「あのおっさんやおばさんたちにとっても、晴れ舞台ってことやな」

「ザクロちゃん……」

どんな高位聖職者であっても、ザクロにとってはおっさんおばさんだ。彼女にとって、この場の主役はココとルナの、二名の友人だった。

「ふふん、いくらあの女でも、ここじゃなんもできへんやろ」

ザクロはこっそりとベリルを睨みつけ、鼻を鳴らした。

「さて、どうなるかな」


聖女の託宣は、候補者が一歩前に進み出たときに、鐘が鳴るかどうかで判断される。

鐘が鳴れば聖女の託宣を受けたと判断され、その場にいる者たちの脳裏になにを司る聖女であるかがイメージとして投影されることになる。

実際、それがどのような形なのか、ザクロたちは知らなかったが、すぐに彼女たちは頭の中に直接神の意思が注ぎ込まれるという体験をすることになる。

「信徒ルナよ、前に」

「は、はい」

ふたり目の候補者として、ルナが前に進み出る。

ひとり目の候補者は鐘が鳴らず、すでに下がって静かに佇んでいる。ヴェールの向こうでどのような表情をしているかは、ザクロたちからはまったく見えなかった。

「神よ、この者に祝福を！」

その場で最も高位の主教が叫ぶと、鐘の音が聖堂に響いた。

ザクロは隣にいるパイリンと抱き合うが、すぐに頭の中になにかとてつもなく大きなものが入り込んできたことで、体を硬直させた。

《結合》

それこそが、託宣の本質。

聖女がなにを司るのか、人々に知らしめる。

「――信徒ルナ、『結合』の聖女‼」

観覧者から歓声があがり、戸惑った様子のルナが候補者たちの列に戻る。

困惑しているらしいその様子を見ながら、ザクロは笑った。

「おいおい、あの聖女様挙動不審やで」

「そうねぇ」

笑いはしているものの、ふたりともルナを祝福する気持ちに偽りはない。しかし、託宣を受けるのはまだ五人残っている。

その中には、もうひとりの友人と、どうしてもそりの合わない貴族令嬢がいた。

「できれば、あいつが聖女なんて勘弁してほしいんやけど……」

「神様が私たちの世界のことなんて、気にするわけがないわ。ふさわしいかどうか、神様が神様の基準で決めるのよ」

パイリンの言う通りだ。

たとえどれほどの極悪人であっても、神にとって人のつくった法などなんの関係もない。それが聖女や聖人にふさわしいと判断すれば、そう託宣を下す。

「はぁ、やだやだ」


ベリルはこの上ない自信を抱きつつ、名を呼ばれると同時に前に踏み出した。

自分の持つ〝加護〟は、聖女の名にふさわしいだけの強さを持っている。

金属を金に変え、その金を強化することができる。まさに王者にふさわしい力だ。

「神よ、この者に祝福を！」

主教の言葉と同時に、鐘が鳴る。

「…………」

ベリルはヴェールの下で、わずかに笑った。

ここまではベリルにとって当然のことだ。

さあ、神は自分になにを与えてくれるのか。

そして、それは降りてきた。

《黄金》

聖堂にいる人々に叩きつけられる神の意思。

それを受け、歓声があがる。

「ベリル様！」

「『黄金』の聖女様！」

「静かに！　儀式の途中であるぞ！」

主教たちが声を荒らげねば、ベリルを賛辞する声は鳴りやまなかった。

それだけ彼女が人脈を築き上げてきたということだが、今の彼女にはそれらの声よりも重要なことがあった。

（ココ、もう十分よ。ここで託宣を受けられなくても、胸を張って村に帰りなさい。候補者の中で実際に託宣を受けられるのは四人にひとりだけなのだから）

学園が候補者を見出したとして、その中から実際に聖女の託宣を受けられるのは五人から四人にひとりの割合だ。そして、多いときもあれば、少ないときもある。

そうした事情を知るベリルは、ココが託宣を受けるに足るかどうか、判断できないでいた。

自分のことに関しては絶対の自信があったが、ココについてはどちらも考えられる。

（ルナが託宣を受けたとすれば、あの子もあるいは……でも……）

ベリルに判断を迷わせている理由は、ルナが託宣を受けたことだ。正直なところ、彼女はルナが聖女の託宣を受けるとは思っていなかった。

彼女の持つ〝加護〟はある意味で強力だが、神の怒りの面を示すような力だったからだ。

ただ、そうした観測はあくまでも人の目で見た場合。神々の視点ならば、もっと別の判断が下されるのだろう。

（なら、あの子ももしかして……）

とはいえ、これまでのココの行動から、さほど強い〝加護〟を持っているようには見えない。

ならば、託宣を受けられないことも十分に考えられる。

（さあ、見せてみなさい。あなたの本当の姿を）


ココは緊張していた。

なにもかも忘れてしまうほどに緊張していた。

（あばばばばば……）

キレイなドレスを着られたことはうれしい。

しかし、それを着て厳粛な儀式に参加するとなると話は別だ。

（次、つぎなんだっけ？　わたしよばれるんだっけ？）

大勢の前に立った経験など、『前世』での卒業式くらいのものだ。それも多くの学生のひとりであって、これだけ注目された経験などない。

（なんでもいいから、はやくおわってぇ～～トイレいきたい～～）

ココの願いが叶ったのか、主教によってその名前が呼ばれた。

ココはやったと口に出しそうになるのを抑えながら、前に踏み出した。

「神よ、この者に祝福を！」

（祝福いらないから、はやく終わらせて！）

それはまさに、心からの願いだっただろう。

しかし、やはり神は人間の心など慮《おもんぱか》ってはくれない。鐘の音が鳴り、聖堂の人々がどよめいた。

（あ、延長？）

ココのとぼけた思考を上書きするように、神の意思が降り注ぐ。

《石》

聖堂が静まり返る。

先ほどまでの歓声はなく、その場にいる誰もが困惑して周囲の者たちと顔を見合わせた。

唯一、それに加わらなかったのは、ベリルだ。

「ふふふ……」

彼女は静かに笑った。

石、石だ。

あの小娘が得た託宣は、石ころだった。

「ふふ……ふふふ……」

この場で笑うわけにはいかない。

だが、彼女は今、人生で最も大きな笑い声をあげたかった。

自分は、あの小娘に対して、雪辱を果たしたのだ。

自分こそ最高の聖女であり、あの子どもはどんな力を持つかもわからないような、力なき聖女なのだ。

（ふふふ……あはははははっ‼）

この時点でベリルの中で、ココの存在は取るに足らないものへと変化した。

彼女への感情が再びよみがえるのは、ちょうど半年後のことだ。

第八章　辺境の聖女様

「くそっ‼」

街道からはずれた森の中を走る。

腰に提げた剣と、鎧の入った革袋の重さがつらい。

「どういうことだ⁉　なんであんな大きさのグラスウルフがここに出る⁉」

逃げているのは、年の頃二十歳《はたち》ほどの青年。

ざっくりと切り揃えられた髪は汗で張りつき、息は乱れに乱れている。

「もしや、聖女様のいる神殿も、こんな魔物だらけなのか⁉」

そうならば、少しでも早く到着しなければならない。

なにせ自分は、聖女の護衛として聖騎士団から派遣されてきたのだから。


グラナイト・ティーバニア。

今年二十歳になった聖騎士の青年だ。先週までは王都の聖騎士団に務めており、その実直な性格もあって同僚にも恵まれていた。

しかし、今彼がいるのは、辺境も辺境。王国の西方にある辺境領の片田舎だ。

一応、より西にある国家との貿易路が通っているため、多少の開発はされていたが、辺境、田舎であることに変わりはない。

特に目立った特産物もなく、産業もなく、ごく一般的な地方の田舎といったふうである。

そんな場所にグラナイトが送り込まれたのは、上官から突きつけられた選択肢のうち、上官が望まない方を選んでしまったからだ。

同僚たちは同情しつつも彼を助けることはなく、グラナイトは荷物をまとめて次の任地に赴くことになった。

一応、これまでの功績もあったために完全な左遷という形ではなく、栄転と見なせる任務を与えられた。

「聖女……様の……御為《おんため》にぃいいいいいいいいいいいっ‼」

走る。

丘を越え。

森を抜け。

急流をかき分け。

山を駆け上った。

「うおおおおおおおおおっ‼」

グラナイトは実直な男だった。

そして、この上なく信心深い男でもあった。

与えられた任務が実質的な左遷であったとしても、その任務が聖女の護衛となれば、この上ないほどに昂ぶった。

「ココ様、今まいりますぅぅうううううッ‼」

彼が受けた命令、それは西方神殿領にある岩窟神殿でひとり暮らす、『石』の聖女の護衛だった。

◇
◇
◇

「た、助かりました……」

「いやいや、こっちこそ騎士様が護衛してくれたおかげで助かりました」

グラナイトは目的地に向かう途中、よく魔物に襲われた。

王都暮らしが長く、魔物除《よ》けの知識が限られている彼は、よく魔物の縄張りに踏み込んでしまうのだ。

ところが道中、同じ神殿を目的地とする商人と出会い、その荷馬車に同乗させてもらうことができた。

商人は魔物除けをきちんとしていたから、襲ってくる魔物といえば、たまたま魔物除けが効かなかったはぐれマウンテンタイガー程度のもので、それならばグラナイトでも十分に対処できた。

魔物除けは魔物の嫌がる波形の魔力を発する道具で、力の強い魔物ほどよく効くとされていた。ただこれはある程度の知性があれば通用しないのだが、そんな魔物は滅多にいない。

「神殿になんのご用なのですか？」

「いえね、うちのお嬢様のご命令で、聖女様に生活物資をお届けに上がるんですよ」

「なるほど、寄進ということですか」

「寄進……寄進かぁ、まあ、そういうことにしておいた方がいいかな」

商人はグラナイトの言葉になにやらぶつぶつとつぶやいていたが、しばらくすると結論が出たらしく商人らしい笑みを浮かべた。

「ええ、実はそういうことでして」

「やはり！」

グラナイトは実直な男だ。

そして、単純でもある。

わざわざ遠方から生活物資を届けるような商人が悪人であるとは考えず、自分を同乗させてくれたことでさらにその判断に確信を抱いているようだった。

（ザクロお嬢様に会わせたら、ありのままどころか全身の毛をむしり取られるタイプだな）

ふたりを乗せた荷馬車は、遠くに見える岩肌をさらした山にゆっくり近づきつつあった。

それから三日後、うっそうと生い茂る山裾の森の中を荷馬車は進んでいた。

「山の中なのに、街道は整備されているんですね」

「神殿への参拝道ですからね。それに、私のような商人以外にも馬車を使う人がいるんでしょう。だからきちんと整備されているんだと思いますよ」

「ほうほう」

グラナイトは自身の持つ騎士としての知識と照らし合わせ、これほどの地方街道であるにもかかわらず、馬車が立ち往生するようなへこみや障害物がまったくないことに驚いていた。

一方の商人は、これから向かう神殿には自分以外にも多くの参拝者がいて、それらの人々のために街道が整備されていることを知っていた。

あの神殿で作られるさまざまな品物は、多種多様な情報網によって各地へと伝えられ、数こそ多くないものの、それなりにまとまった量が取引されていた。

そのため、街道もきちんと整備されているのである。

「あ、騎士様、そろそろ出迎えの人が来ますけど、驚かないでくださいよ。くれぐれも……いや、間違っても剣を抜いたりなんかしないでください。相手は冗談まったく通じないんです」

「ずいぶん堅物な相手のようですね。ですが、承知しました。剣も封印をしておきましょう」

そう言ってグラナイトは柄と鞘《さや》をヒモで結びつけた。

これならば少なくとも、反射的に剣を抜くことはないだろう。

「そういえば騎士様、聖女様とはどういったご関係で？」

「いや、俺はこの先にいらっしゃる聖女様にお会いしたことはない。護衛の任務を仰せつかっただけだ」

「おや、そうなので？　いや、てっきりお知り合いなのかと思いました。聖女様はこの間まで聖湖畔修道学園にいらっしゃったそうなので」

「俺は聖湖畔修道学園に通ったことはないんだ。一度、聖騎士団で見学に行ったことはあるが……」

「そうでしたか、そうでしたか、では、もしかしたら、聖女様にお会いになったら驚かれるかもしれませんね」

商人の言葉に、グラナイトは首をかしげた。

「驚く？　なぜですか？」

「あの方は、聖女というには、その、いささか個性的でいらっしゃいますから」

グラナイトの訝《いぶか》しげな表情に気づいたのか、商人が慌てた。

「いやいや、もちろん立派な聖女様ですよ。人々のためにいろいろなことをしてくださいます。多くの人々に慕われていますよ」

「多くの方々と接することをよしとする方なのですね。護衛は少し大変そうですが、それが聖女様のお考えならば、俺も気合を入れなおして任務に励むまでです」

聖女の数は決して多くない。

託宣そのものは毎年行われるが、毎年必ず聖女が選ばれるとは限らないからだ。

最も長い期間では、二十年も新たな聖女が現れなかったこともある。そのせいで、神殿内で争いが起き、内部改革が進んだこともあった。

聖女の託宣は神々と人をつなぐ数少ない機会であり、重要度はかなり高い。そしてそこで選ばれる聖女は、神殿にとっても人々にとっても大切な存在だった。

(俺は必ず任務を果たしてみせる。もはや王都に未練はない)

グラナイトは決意を新たにすると、ふと疑問に思ったことを口にした。

「そういえば、出迎えというのはいったいどのような方ですか？　先ほどのお話を聞くに、神殿にいらっしゃるのは聖女様だけのようですが、やはり、世話役の方がいらっしゃるとか？」

「いえ、そういうわけではありませんが、実際に見ていただいた方が早いと思います。説明するのが非常に難しいので……」

「そうですか……」

商人はこのとき、『会って』ではなく、『見て』と言った。

勘の鋭い者であれば、この時点で違和感に気づいただろう。しかし、グラナイトはそうではなかった。

彼の疑問は、すぐに解ける。

その出迎えが、森の木々の向こうから姿を見せたからだ。

「～～ォォォォオオ……」

体の奥底に響くような重低音。

「な……」

思わず身構えるグラナイト。

しかし、隣にいる商人がグラナイトのベルトを引っ張った。

「騎士様、大丈夫です。お座りになってください。あまりおかしな動きをすると、『彼』に敵だと思われてしまいます」

「彼……彼というのは、あのゴーレムのことですか⁉」

そう、グラナイトたちの前に姿を見せた存在。それは巨大な岩石をつなげたような体を持つゴーレムだった。

「ォォォォォ」

森の木々よりも背が高く、荷馬車を確かめるように近づいてくる様は迫力満点だ。

グラナイトは思わず剣に手を伸ばしそうになるが、商人の言葉を思い出してなんとかそれを抑え込んだ。

ゴーレムは基本的に簡単な命令しか実行できない。

大抵の場合は目の前にいる敵を倒すというようなものだ。敵意があると勘違いされた場合、あのゴーレムもそうする可能性が高い。

グラナイトはゴーレムとの戦いを決意した。だが、彼の決意は商人の言葉によってかき消されてしまった。

「騎士様。彼は聖女様の眷属《けんぞく》です。普通のゴーレムよりずっと頭がいいですよ」

「け、眷属？」

ゴーレムは馬車に近づくと、その前へと進み出て、先導する形で歩きだす。

地面の揺れが、ゴーレムの重さを物語っていた。

だが、馬車を引く馬たちに動揺はない。ゴーレムが敵意をまったく持っていないからだろうか。もしくは、あのゴーレムに慣れているからなのか。

どちらにしても、グラナイトよりは動揺していない。

「ここまで来れば、もう安心です。神殿まですぐですよ」

からからと笑う商人に対し、グラナイトは混乱しっぱなしだった。

眷属としてのゴーレムはまだわかる。魔導師の中には複数のゴーレムを使役し、操る者も珍しくない。

だが、聖女がゴーレムを眷属としているという話は聞いたことがなかった。

グラナイトは自分が会う聖女がどのような人物なのか、正直会うのが怖くなってきた。

◇◇◇

岩窟神殿は、山の岩肌をくり抜くようにして造られていた。

神殿としては国内有数の古さで、歴史的にはかなり重要な場所でもある。しかし、神殿の機能としてはまったくの無駄、無価値とされてきた。

「異端者たちが隠れ住んでいたというわりには、かなりキレイな場所ですね」

「異端……というのはずいぶん昔の話ですから」

そう、この神殿ははるか昔に、経典の解釈を巡って争い、敗北した神官たちがこの辺境の地に流れ着いて、自らの信仰を守るために造ったものだった。

彼らは中央に気づかれることを恐れ、洞窟の中に神殿を造ることにしたのだが、やがて子孫たちは自らの信仰心を表す手段として山肌を削り始め、今のような巨大な神殿を彫り上げた。

ただ、そうした歴史的な背景もあり、この地は遺跡としての価値はあっても信仰の対象としての価値は認められていない。

人々が勝手に信仰の場とするのはかまわないが、神殿が自らこの地で信仰を広めるような真似はできないということだ。解釈次第では、異端を推奨しているとも取られかねない。

「――六郎《ろくろう》！　ご苦労さま！」

神殿を見上げていたグラナイトの耳に、鈴の鳴るような声が聞こえてくる。

「子ども？　いや、違う。あれは……」

神殿の中から姿を見せた人物は、たしかに子どものような体躯だった。

実際に子どもなのかも知れない。

しかし同時に、聖女としての装束をまとっており、この場所に住んでいるのは聖女ひとりだという情報を考えれば、この少女こそが――。

「聖女……様？」

衝撃だった。

グラナイトの知る聖女は皆、大人の女性だった。多少の年齢の幅はあったが、それでも子どもとわかる容姿の持ち主はひとりもいなかった。

「どちらさまですか？」

聖女の問いに、商人が答える。

「こちら、神殿の警護役の騎士様だそうで……グラナイト様、聖女様の御前ですよ」

「あ！　これは大変失礼をいたしました！」

グラナイトは慌てて膝を突き、頭を垂れる。

「俺は、いえ、私は聖騎士グラナイト！　聖女様の護衛として、この地にまかり越しました！

以後、お見知りおきを！」

「ごえい？」

聖女は首をかしげている。

「ナナ、そんな話あったっけ？」

「キュキュッ」

聖女が誰かに話しかけると、小さな動物が聖女の足もとからその体を駆け上がり、肩の上に座った。

額には大きな宝玉がきらめき、その目には普通の動物にはない明確な知性が見て取れる。

グラナイトはその目にじっと見つめられ、やがてわずかに愛想笑いを浮かべた。

「あ、あの……」

「キュキュッ‼」

それがお気に召さなかったらしい。

小動物は額の宝玉をきらめかせると、次の瞬間、グラナイトに向かって真っ白い光を放った。

「え？」

雷だ。

「んぎゃあああああッ‼」

雷に打たれたグラナイトの悲鳴が、神殿に響き渡った。

「ごめんなさい、この子すごく気難しくて……」

ココは初対面の騎士に初手電撃というアグレッシブな挨拶をぶちかました眷属をかかえながら、電撃による麻痺から立ちなおった騎士に頭を下げていた。

「いえ、俺がぶしつけでした。それよりも、俺の着任についてなんの報《しら》せもなかったというのは本当でしょうか？」

不安そうな表情のグラナイト。一度は取り繕ったはずの一人称も、もとに戻っている。しかし、ここにそれを正そうという者はいなかった。

「あっ、そうでした！」

ココはナナと呼ばれた小動物のような眷属を床に下ろすと、近くの机の上に山と積まれた手紙を崩し始めた。

「すみません、ここ何週間か、いろんな人に頼まれた仕事をしていたので、手紙とかを開ける暇がなくて……」

次々と手紙を開いていくココ。

舞い散る手紙。

その手紙で遊び始めるナナ。

グラナイトはどんどん散らかっていく部屋に顔を青くした。

「聖女様！　大丈夫です！　急な赴任でしたので、きっと王都からの知らせも届いていないのでしょう！」

「え？　そうなんですか？」

「はい！　きっと！」

仮に違うとしても、大した問題はない。

自分は無事にここにやって来て、護衛対象である聖女とも無事に会えた。ならば問題はなにもないのだ。

「なら、いいですけど、ええと……」

「グラナイト・ティーバニアです。聖女様」

「じゃあ、わたしのことはココと呼んでください！　皆さんにそうお願いしているんです！」

「わかりました、ココ様」

グラナイトはひそかに安堵していた。

聖女と呼ばれる女性たちは、大抵の場合、かなり個性的だ。

その個性こそが聖女のゆえんのひとつなのだから仕方がないのだが、彼女たちの相手をする側にとっては面倒なことこの上ない。

単に気位が高いだけなら、相応の態度で接すればいいだけなのだが、中にはまともな会話さえできないほどに引っ込み思案な聖女や、とにかくすべて腕力で解決しようとする武闘派の聖女も存在する。

聖女の警護も聖騎士団の重要な任務ではあるのだが、個性が強い聖女を相手にするのはどう考えても、心身共に疲労すること間違いなしだ。

「じゃあ、これからよろしくお願いしますね。グラナイトさん」

「はっ、お任せください！」

その点、ココはいささか幼いところはあるものの、かなり常識的な感性の持ち主で、性格も穏やかなようだった。

グラナイトは、王都での緊張感に満ちた生活を懐かしむ気持ちを抱きながらも、辺境でこの聖女の護衛をするのも決して悪い生活ではないかもしれないと思い始めていた。


ここまで一緒に来た商人の見送りを済ませると、グラナイトはまず、部屋の片づけから始めることにした。

「そんな、片づけは後でわたしがやりますから！」

「いえ、お気になさらず！　聖騎士は整理整頓を旨としておりますので、片づけは得意なんです！　もちろん、聖女様の居室に近づくような真似はいたしません！」

グラナイトは鎧の入った革袋を部屋の片隅に置くと、頭に布を巻いて掃除を始めた。

神殿の一室。本来は神殿にいる神官たちが暮らすための部屋なのだろう。壁際には大きな窓があり、普通の家ならば二階から三階ほどの高さに部屋があるのがわかる。

神殿内には魔法の明かりがいくつもあり、暗闇で足を取られるなどということはなかったが、四方から光を取り込める普通の神殿と比べると、多少薄暗いことは間違いない。

グラナイトは手近な木の棒——薪かもしれない——の先端に光の魔法を灯すと、それを頼りにして部屋の隅々まで掃除を始めた。

「ココ様、これはなんでしょうか？」

グラナイトは壁際の棚の中に無造作に仕舞い込まれた小瓶を見て、背後で手紙の整理をしているココに尋ねた。

色付きの瓶には番号だけが振られており、中になにが入っているかはわからない。

おそらく儀式に使うものなのだろうが、手を触れても大丈夫なのだろうか。

「そこに入っているのは、いろいろな花から抽出した香水なんです。混ぜて新しい香水を作ろうと思って……」

「香水ですか？　そんなもの使う儀式、あったかな……」

グラナイトは顎に手をあてて首をかしげる。

「儀式では使いませんよ？」

「え？」

「え？」

「で、では、なぜここに？」

「それは、わたしが香水を作るからで……」

「なぜですか？　必要ならば、王都や聖都から送ってもらえば済む話では……」

「え？　どうしてですか？　自分で作った方が早いじゃないですか。それに、いろんな人に頼まれますし」

「え？」

「え？」

ココとグラナイト、双方の頭の上に疑問符が乱舞する。

互いの認識が大きくズレており、言葉は通じるのに話は通じないという現象が発生してしまった。

「申し訳ありません、ココ様。不勉強な私に、一からご説明願えるでしょうか？」

「いいですよ、じゃあ、どこから話しましょうか」

ココはうんうん唸っていたが、やがて自分が学園を卒業した頃のことを話し始めた。

――ココが託宣を受けた後、彼女に待っていたのは辺境への追放処分だった。

無論、聖女に対することなので、追放などという言葉は使われていない。

神殿はさまざまな理由を並べ、彼女を人々から隠そうとしたのだ。

『そんなとこに行かせるくらいなら、ウチが預かるわ！　西方商人をなめるな‼』

ココの友人であるザクロはそう叫び、学園に食ってかかったが、聖女を俗世の象徴である商人に預けるなどということを許すはずがなかった。

この神殿の対応の裏側に、新たに『黄金』の聖女となったベリルの意思がまったくなかったということは考えられない。

だが同時に、学生でしかない彼女に神殿を動かすほどの力がないのも確かで、『石』などという、これまでの〝加護〟の中で最もちっぽけなものを授かったココに対して、神殿が温かな対応を取るわけもなかった。

聖女の存在は神殿の権威を形づくる大切な要素だ。力のない聖女は、それだけで神殿の力を弱めてしまう。

神殿上層部はココをかつて異端者が立てこもった岩窟神殿に閉じ込めることで、事態を収拾させることにした。

幸いなことに、ココはなんの後ろ盾も持たない平民である。大きな混乱もなくココの辺境行きは決定し、彼女は卒業と同時にこの地にやって来たのだった。


「なんという……」

ココの事情を聞いたグラナイトは、あまりの衝撃に目眩《めまい》を覚えた。

自分が崇める神、それの代行者として人々の幸せを追求するべき神殿が、ひとりの少女を自らの権威のために辺境に追いやったと知ってしまったからだ。

「申し訳ありません！　このような仕儀、神に仕える者として恥ずべき行為です！」

グラナイトに責任はないが、謝らずにはいられなかった。

「グラナイトさん⁉」

「キュキュッ⁉」

「すぐに友人たちに働きかけ、ココ様をこの地からお連れするよう手を尽くします。今しばらく、お待ちください！」

「そ、そんなことしなくていいです！」

「気遣いは無用です。たしかに俺は若く頼りないかもしれませんが、友人たちの力を借りて、心ある主教様にお願いできれば、きっと……」

ココは焦った。

「ええと、きづかいとかじゃなくて……」

（ここでのんびり暮らす方が、気楽でいいとかいったら怒られるよね⁉）

ココは辺境に追い出されたことをこれ幸いと、この神殿の悠々自適な生活を満喫していた。

ザクロに依頼された仕事をこなして報酬をもらいつつ、もらった本などで眷属のつくり方を学んで六郎やナナをつくった。眷属はこの時点で七体おり、それぞれに生活を助けてくれる。

彼らがいるおかげで、ココは特に困ったこともなく、ごく普通の生活ができている。近くの村の民が参拝にやって来て細かな頼み事をしてくるが、その程度であれば、趣味の細工や魔法の合間に十分にこなすことができたからだ。

「ココ様！　一度裏切られたあなたに、もう一度信じてもらうことは難しいことだと思います。しかし、神殿は決してあなたを辺境に追いやってよしとする者ばかりではありません。必ずや、あなたを王都か聖都にお連れいたします！」

「まってください！」

「いえ！　俺にお任せください！」

そう言うや否や、グラナイトはココの両手をしっかりと握る。

「ひゃあっ」

驚いたココが素っ頓狂な悲鳴をあげる。

それに反応したのは、部屋の隅にある籠の中で事の次第を見守っていたナナだった。

彼はココが襲われていると判断し、すぐさまグラナイトに向かって電撃を放った。

ナナの電撃は、彼の意思によって制御されており、たとえグラナイトがココの手を握った状態であっても、グラナイトだけを感電させることができた。

「あばばばば……」

思わずのけ反り、後ずさるグラナイト。

なんとかその場に踏みとどまった彼だが、次の一撃がすぐに叩き込まれた。

「うわぁッ‼」

横合いから突っ込んできたのは、空飛ぶお皿ともいうべき形の眷属、三郎《さぶろう》だ。

普段はココの作業の手伝いをしているが、その形状を生かして体あたり攻撃を繰り出すことができる。

「どわっ」

窓際に押し込まれるグラナイト。

その直後、窓の外から石の拳が突き出され、グラナイトを捕らえた。

「なあああああっ⁉」

「六郎！　だめ！」

窓の外にいたのは、ゴーレムの六郎だ。

彼はのっぺりとした顔のまま、握ったグラナイトを見下ろしていた。

それはさながら、手に入れた獲物をどう料理しようか悩む料理人のようにも見えた。

「うぐぐ……」

六郎の手の中で、グラナイトは身じろぎひとつできない。

このストーンゴーレムは、創造されたそのときに、可能な限りほかの命を奪わないようにと命じられている。

そのため、いきなりグラナイトを握りつぶすようなことはしなかったが、同時に主人に無法を働いた犯人を逃がすつもりもないようだ。

「ォォォォ……」

鳴き声にも似たその音は、六郎の体を構成する巨岩がこすれ合う音だ。

彼は顔をゆっくりとグラナイトに近づけ、じっと見つめる。

穴をあけただけのがらんどうの目が、グラナイトを見すえた。

「す、すまない。女性に対して無礼だった。謝る」

グラナイトは自分がなにをしたのか、きちんと理解できるだけの頭脳を持っていた。

未婚の女性に対して、それも年若い少女の手を了解なく握れば、その関係者に叩きのめされたとしても文句は言えない。

騎士としての礼法を学んでいるグラナイトは、ココの眷属たちが怒るのも仕方がないと思った。同僚たちのように、もう少し、女性と接する機会を作るべきだったのかもしれない。

「ココ様の、お考えを聞かずに、勝手なことをしてしまった。本当にすまない」

それはココを辺境に追いやった上層部の者たちと同じ所業だ。

グラナイトは六郎の手の中で、それを反省した。

「もう一度、機会をくれないか」

どちらにせよ、ココの考えこそが一番大切なことだ。

それを聞かないままに、このままつぶされたくはない。

「キュキュ！」

六郎の体を、ナナが駆け上る。

そして六郎の肩まで登ると、なにごとかを話しかけた。

「キュ……」

「………」

それを聞いた六郎は、グラナイトを地面に下ろした。

ようやく圧迫から解放されたグラナイトは、その場に大の字になってしまう。

なににも邪魔されない呼吸が、これほどに爽快なものだとは知らなかった。

「グラナイトさん、大丈夫ですか？」

「はい、ご迷惑をおかけしました」

「こちらこそごめんなさい。うちの子たちが……」

（聖騎士様をボコボコにしちゃった……）

ひそかに騎士という存在に憧れを抱いていたココは、自分の眷属がその騎士を全方位からボコボコにしてしまったことを嘆いていた。

「あははは、これだけ強い護衛がいたら、そりゃこれまで誰も騎士が派遣されてこなかったはずです……よね……」

グラナイトはそのまま意識を失った。

つまり目が覚めてからほんの一時間程度で、彼は再び夢の中へと旅立つことになったのである。眷属たちの中で知性を持つ者たちは、グラナイトをよく眠る人間だと認識した。

ココは山道での荷物運びに特化した四足歩行型ゴーレムの五郎《ごろう》を呼んでグラナイトを運び、冷蔵庫内で保冷剤の仕事をしている次郎《じろう》が冷やしたおしぼりを額にのせて目覚めを待った。

そんな彼をじっと監視していたのは、植木鉢型ゴーレムの四郎《しろう》で、つまり彼はココの眷属によって気絶させられ、また別の眷属によって看病されたのだった。

第九章　楽しい辺境生活

グラナイトは、それから三日と経たないうちに、聖女ココの辺境での生活ぶりを知ることになる。

「じゃあ、これ頼まれていた品物です！」

「ありがとうございます、聖女様。今年の収穫が済み次第、作物を寄進させていただきます」

これは岩窟神殿の近くにある村での一幕だ。

この日、ココはグラナイトをお供にして、魔法道具をいくつかと、農薬を村に持っていった。

これは以前に岩窟神殿に参拝した村人がココに相談したもので、魔法道具は天気を知るための水晶玉と、魔物除けの特殊な音を出す鈴だ。農薬は作物を食い荒らす虫を退治するためのものだった。

「ほかにもなにかお困りでしたら、遠慮なくお申しつけください。以前いただいた倉庫のネズミ除けのおかげで、今年はほとんど蓄えをかじられずに済みましたし、本当に助かっているのです」

「あ、そういうことなら、ちょっとお部屋の窓が壊れてしまって……」

「それはそれは、いけません。ではすぐに村の若い者を向かわせましょう。大工仕事にも慣れているので、すぐに修理できるはずです」

「ありがとうございます！」

この窓の破損というのは、無論六郎がグラナイトを捕まえるために手を突っ込んだときのものだ。

今は適当な板を打ちつけてあるが、そのままというわけにはいかない。

グラナイトが自分で修理をするつもりだったのだが、慣れた者が複数いれば、彼が作業するよりもずっとはやく、あっという間に直るだろう。

「グラナイトさん、次の村に行きましょう！」

「は、ははっ」

グラナイトはまるで従者のように、ココのうしろについていくしかない。ココの襟巻になっているナナが、時折自分を睨みつけているような気がしているが、それもココに付き従う者として甘受すべき試練だろう。

聖騎士団でも、先輩のしごきはあるのだ。きっと聖女の従者にも同じものがあるに違いない。

「次に向かう村は、水門の歯車が粉挽きの最中に壊れてしまったそうなんです。壊れたものを預かって、くっつけて修理したんですよ」

「なるほど、これがそうですか」

おとなしいロバが引っ張る荷馬車には、金属でできた歯車がひとつ載っていた。

大人でもやっと持ち上がるほどの重さだが、ココにはあまり関係ない。

「ぐぐって力を込めてお願いすると、軽くなるんです」

そう言って笑うココが嘘を言っているとは思えない。

しかし、物体の重さを軽減する魔法は、それなりの専門技術があって初めて実行できるものだ。

騎士団の荷馬車にはそうした重量軽減の魔法がかけられているが、それはあくまで鎧などをすばやく運ばなければならない聖騎士団の事情に合わせて、特別につくられたものだ。

ココの言うように、お願いしてどうこうなるようなものではない。

「――やはり、聖女様には女神様のご加護があるのですね」

「そうなんでしょうか？」

聖女の力についての研究は、王都や聖都などで行われている。

その研究には聖女たちが協力しており、自分の持つ〝加護〟をどうすれば有効に使えるか、日々研鑽を積んでいるのだ。

しかし、辺境にいるココにそうした環境は期待できない。

彼女は自分だけで、自分の力を解き明かしていかなくてはならないのだ。

「前はなんにもわからなかったんですけど、少しずつ覚えました！」

ココは楽しそうに、これまでの挑戦を話す。

「まずは、本に書いてあった眷属をつくろうと思ったんです。最初の一郎《いちろう》は、お部屋の明かりになってくれてます」

「ああ、あの明かりが……」

ココの部屋にある魔法の明かりは、ココがなにも言わずとも部屋に入るだけで明るく部屋を照らした。

なんらかの魔法によるものかと思っていたが、眷属だというのなら疑問はない。

「聖女の眷属は、聖女を守るために存在しますからね。部屋に明かりが必要だと判断して、光っているのでしょう」

眷属としての在り方はさまざまだが、存在理由は常にひとつだけだ。

それは、自らをつくった聖女を守ること。

「キュキュッ‼」

ナナがグラナイトを威嚇する。

「ええ、わかってます。わかってます！　ココ様の護衛はあなた方の方が先輩です。わかってますよ！」

ナナとグラナイトの関係は、完全に先輩後輩に固定された。

それも、かなり体育会系の、鉄拳制裁ならぬ電撃制裁による恐怖政治だ。

「ナナ！　グラナイトさんをいじめちゃだめ！」

「キュウ……」

怒られたナナが、しょんぼりとして襟巻に戻る。

ひそかにほっとしたグラナイトだが、自分の生活があまりにも急激に変わったことに戸惑いを隠せなかった。


グラナイトは精力的に働いた。

しかしそれは、聖騎士としての働きというよりも、聖女の世話係としてのそれだった。

「ココ様！　もう少し野菜もお食べください！　大きくなれませんよ！」

「うう……わかった……」

仕事にかこつけて食事を疎かにしようとするココを叱りつけ。

「いくつか部屋を片づければ、もう少し整理整頓が行き届くでしょう。村の方々の手を借りて、閉じられたままの部屋を開こうと思うのですが、よろしいですか？」

「でも、今のままでも困ってないし……」

「清貧は美徳です。しかし、聖女様がどこのなにともわからぬ場所から送られてきた、木箱の上で眠っていると知られれば、落胆する者も出てくるでしょう」

「あの木箱、ベッドにするとすごく高さがちょうどいいんだよ！」

「では、同じ高さのベッドを作ってもらいましょう。あのような場所で眠って体を壊しては、人々が悲しみますよ」

「はい……」

ごちゃごちゃとした部屋の中で、木箱の上に布団を敷いて寝ていたココ。グラナイトはすぐにそれを改めさせ、空き部屋を掃除してきちんとした寝室や仕事部屋をつくった。

村人はココの生活について口を出すことはしなかったが、ひそかに心配していたらしく、グラナイトに協力を求められるとすぐに力を貸してくれた。

「騎士様のおかげで、聖女様が健やかに過ごせます。本当にありがとうございます」

そう言って頭を下げてきたのは、ひとりやふたりではない。

複数の村の民、そして神殿に出入りしている商人までもそうした態度を見せた。

グラナイトはココの人徳に感じ入りながらも、自らの仕事を果たせた喜びに打ち震えた。

もっとも、ココとしては周囲の反応に納得していない。

「あのくらい周りに揃っていた方が、いろいろ便利なのに……」

ココの前世の生活がうかがい知れるようだが、グラナイトにはそんな事情はわからない。

彼にはココが人々のために時間を費やしすぎて、自分のことを疎かにしているようにしか見えなかったからだ。

ココがだらしないからだとは、微塵《みじん》も思っていなかった。その部分に関しては、ココの名誉は守られていた。

そんなある日、グラナイトは思わぬ人物と再会した。

「おお、騎士様、お元気そうでなによりです」

「おや、商人殿ではありませんか。またお会いできてうれしいです」

岩窟神殿の正門前で、六郎と稽古をしていたグラナイトに声をかけてきたのは、彼をここまで連れてきてくれた商人だった。

彼は以前と同じように荷馬車にいくつもの木箱を積み込んでいる。

「聖女様はいらっしゃいますか？」

「はい、奥でなにやら、細工ごとをしています。俺はどうにもああいう細かいことは苦手でして、なにをなさっているのかは……」

「ははは、人には向き不向きがありますからね。こちら、ココ様にお届けするよう言いつけられた品々になります」

「わかりました。ロクロウ殿、荷物を下ろしてください」

「ォォォ……」

六郎は馬車に近づくと、木箱を手で掴んで下ろしていく。

大の大人数名で下ろさないといけないような大きな木箱も、六郎ならば片手で簡単に上げ下げできた。

ゴーレムの腕力は基本的に創造主の技量に依存するが、聖女の眷属としてつくられた六郎は、見た目以上の力を持っていた。最近は六郎との手合わせを日課としているグラナイトは、それをよく知っている。

「それと、木箱をいくつか回収するよう言いつけられているのですが……」

「存じております。荷下ろしが終わったら、すぐに積み込みましょう」

「ありがとうございます」

この商人に渡す木箱は、数日前にココに頼まれて眷属たちとグラナイトが用意したものだ。

中身はビン詰めのなにかと、それなりの数の細工物。そしてココが力を込めたさまざまな種類の石だった。

「ううむ」

「どうされました？」

「いいえ、先日商人殿にお渡しする荷物を用意したのですが、どれもこれも俺にはよくわからない品ばかりでして、いえ、細工物に関しては、興味がないだけでかなり見事な品だとはわかったのですが、それ以外はなにを目的としたものなのか、さっぱり……」

特に石だ。

近くにある山から拾ってきたような石を、そのまま木箱に詰めているようにしか思えなかった。

「そう見えるのも仕方がありませんね。ただ、どちらも聖女様が健やかに暮らすには、必要なものです」

「それはいったい、どういう意味でしょうか？」

「……今しばらくここで過ごしていれば、おわかりになるでしょう。ご本人は気にしておられないようですが、あの方の置かれている状況は決していいものとはいえません。それをなんとか打開するために、あれらの品が必要なのです」

「なるほど……」

グラナイトは商人がココを利用しているとわずかに疑っていたが、彼の真剣な眼差しは決してそうした正義にもとる行為を是としているようには見えなかった。

これまで不正を働く商人を何人も見てきたグラナイトは、商人という人種に対して懐疑的だった。

人々に必要な存在だということはわかる。

だが、必要以上の富を求めることにはどうしても納得できず、それを生業とする者たちがどうしても受け入れられなかった。

しかし辺境で暮らすようになって、そもそも『必要』とはいったいどれくらいなのか、自分の価値観とは本当に正しいのかと思えるようになっていた。

王都にいたままでは、決してそのような考えを持つことはできなかっただろう。

この地にやって来て、新たな価値観に触れたからこそ、見えてきた考え方だった。

「聖女様の作る品々は、王宮勤めのメイドたちにも好評だと聞いています。いずれ、いずれあの方の状況は好転するはずです」

「わかりました。詳しい事情はお伺いいたしません。ただ、俺の任務はココ様が健やかに日々を過ごせるよう、全身全霊を尽くすこと。そのために必要なことならば、遠慮なく言ってください」

「わかりました。主人にもそう伝えしましょう」

商人は朗らかに笑いながら、そう答えた。

（あの聖女様に接していると、誰もが皆自分以外の誰かのためにと思うようになる。これこそが、あの方の聖女としての本当の資質なのかもしれませんなぁ、お嬢様）

◇　◇　◇

「うわぁ……」

王都の中央に座する荘厳な城。

歴代の国王が増築に次ぐ増築を重ねた結果、まるで巨大な生物のように成長したそこに、王宮付き魔導師としての肩書きを与えられた聖女が降り立った。

「私、こんなところで、働くの……?」

呆然と城を見上げるのは、ルナだ。

聖女としての託宣を受けた彼女は、卒業後も研究者として学園に残っていたが、聖女を誰かの部下にしておくのは少なくとも神殿の管轄下にある施設では難しいという判断が下され、彼女は王宮魔導師としての道を進むことになった。

「先生、無理ですよぉ……」

神殿上層部からルナの扱いについて苦言を呈された導師ヴィオレットは、すぐに自らの人脈を用いて王宮魔導師の席を用意してしまった。

並みの神官であれば絶対に持ち得ない、王宮に対する太いつながり、それは彼女が王家や貴族に対して強い影響力を持っていることの証明だった。

「で、でも、ここでがんばれば、ココさんを……」

友人を辺境から連れ戻すために、ルナはずっとその方法を探していた。

その最中、師でもあるヴィオレットが自分をあっさりと王宮魔導師にしてしまった。そこでルナは気づいた、自分も同じように王家や貴族に働きかけることができるようになれば、ココを連れ戻せるのではないかと。

「ココさん、待っていてください。すぐに、また一緒に……」

ルナにとって、あの学園での日々はこれまでの人生の中で最も尊い時間だった。

周囲から否定されることを当然と受け止めていた彼女を肯定し、受け入れて、自立させてくれた。

ここにこうして自分がいるのは、ココたちのおかげなのだ。少しでも恩返しをして、自分は彼女たちの友人なのだと胸を張れるようになりたいと思った。

しかし、ルナにはひとつ心配なことがあった。

「きっとベリル様も、この王都にいる」

ベリルの存在だ。

ココを連れ戻すにあたって、最大の障害となるのはココを敵視するベリルだろう。ルナたちの動きに気づけば、なにをしてくるかわからない。

ルナはベリルの執念深さをよく知っていた。

たとえ相手が誰であっても、自分が正しいと信じることのためには決して退かない。それがベリルだ。

(ココちゃんを辺境に送ったことで、もう満足してくれてるといいんだけど)

ルナの予想は半分ほどあたり、もう半分ははずれていた。

ベリルはココを辺境に送ったことについては満足していたが、ココをそのままにしておくつもりなどなかったのだ。

「ベリル様、今日のご予定です」

「ありがとう」

ベリルは王都にある大聖堂にて、『黄金』の聖女としての務めを果たしていた。

この大聖堂には三つの聖女の間があり、それぞれで別の聖女が祈りを捧げている。

そのうちのひとりが公職から退く決意をしたことで、新進気鋭のベリルにその役目が回ってきたのだ。

「本日は公爵家のご令嬢が、ベリル様にご相談があるとのこと。面会の予定を入れてもよろしいですか？」

「まあ、それはお困りでしょう。そうして差し上げて」

「はっ」

そしてベリルは、大貴族出身の聖女として、彼らに頼られる存在となっていた。

大聖堂にやって来てわずか半年の間に、王都にいる大貴族たちは彼女の熱心な信徒となっていたのだ。

ベリルには、それだけの強さがあった。

「では、こちらをお願いいたします」

聖堂に入ったベリルは、祭壇に並べられていた祭具に手を触れる。

そして、わずかに意識を集中すると、それらの祭具が光を放つ。

「祝福あれ」

ベリルの言葉は、祝福となって祭具に降りかかる。

長い間使われたことですすけていた祭具は、まるで時間を巻き戻したかのようにその黄金の輝きを取り戻していく。

それだけではない。

聖女の祝福を受けたそれらは、ある意味で神器とも呼べるほどの力を持つ。

「さあ、どうぞ」

ベリルは満足そうにうなずくと、従者たちは次々と祭具を紋章付きの箱に収めていく。

その紋章は、貴族たちのものだ。ベリルが今力を与えたのは、彼らの家に代々の宝物として受け継がれてきた、由緒ある品々だった。

何世代も前の聖女が祝福した宝物は、貴族の家に対する祝福でもある。

彼らは自分たちの繁栄のためにはこの祝福が不可欠であると考えており、祝福を与えられる聖女——それも確かで強大な祝福を与えられる聖女に対しては、下にも置かない扱いを心がけていた。

「さすがベリル様、素晴らしいお力です」

「これは女神様のお力、わたくしはただ、それを導いたにすぎません」

「彼らも喜び、よりいっそう、女神様への信仰を厚くすることでしょう」

「ふふふ、そうなれば、女神様もお喜びでしょうね」

品よく微笑むベリル。

その姿は正しく、聖女としての威厳に満ちていた。

しかし、彼らの話している内容は、あまりにも俗世の欲にまみれている。

貴族の女神への信仰心とは、すなわち神殿に対する寄付である。そしてその寄付をもたらしたベリルは、神殿にとってより重要な存在となっていくのだ。

ベリルは大聖堂の聖女となった今でも、より高みを目指すことをあきらめていない。

彼女はまだ、自分を肯定できていないのだった。

◇　◇　◇

ココの作ったさまざまな品物は、ザクロを通して各地へと送られ、大々的に販売されていた。

特に細工物や香水に関しては、今までにない斬新なデザインと香りで多くの人々を魅了している。

もしもココが彼らの口にする、自分の作品に対する感想を聞いたなら、戸惑ったことだろう。

ココが作った細工や香水は、いずれも彼女の前世での記憶に残された香りをもとにして作ったものだったからだ。

他人の功績で自分の名が高められているということに、恥ずかしさと申し訳なさを感じるかもしれない。

だが、それをココの友人であるザクロが知ったなら、こう言っただろう。

「もとがなんだか知らんけど、今ここにこれを生み出したのは、ココなんやから、ココが褒められるのは当然やろ。ないものはない。あるものはある。欲しい人たちにそれを届けたことは、褒められて当然のことや」

ココが自分の作ったものの行方を知るきっかけとなったのは、ある王宮勤めのメイドが、ココの作ったアクセサリーと香水を身につけて、仕事に出たことだった。


その日、メイドは恋人からもらった耳飾りをつけ、香水をまとって仕事に出た。

王宮勤めのメイドの服装は、働く場所が場所なので厳しく取り決められていたが、華美ではなく、指輪以外の音の鳴らないものであればアクセサリーの着用も許されていた。

聖印を首飾りにしているメイドも少なくないため、いっさいのアクセサリーを禁じることはしなかったのだ。

このメイドの耳飾りも、耳たぶを挟むようにして使うものであり、目立つほどの大きさでもなかった。

実際、メイドたちをまとめるメイド長や、執事たちもそれを見とがめることはなく、彼女はこの日もいつものように、自分の役目である王太后スフェンの身の周りの世話を始めた。

「リエラ、もしかして香水を変えた？」

「あ、わかる？　実はフィアンセにもらったの。珍しい西方の香水なんですって。ええと、クトゥーロのなんだったかしら、とにかくすごく珍しい樹を原料にしているんですって」

「クトゥーロ？　あの西の古都？　たしかに王都じゃあまりない香りね。あんまり甘くなくて、すうっとしてる……」

　王都でもっともなじみのある香水といえば、甘い花の香りをまとうものばかりで、これらは花を原料にした香料をもとに作られ、原料ごとにさまざまな花の香りが売り出されていた。しかし、メイドがつけていた香水は、それらの花の香りではなかった。

「なんだろう、この香り……」

「わたしもよく知らないんだけど、精霊の宿った樹の香りなんだって。ほら、この耳飾りも、その樹から作ったらしいわ」

「じゃあ、この香りと耳飾りはセットってこと？」

「ええ、わたしのフィアンセ、こういう贈り物なんかには全然無頓着で、ちょっと結婚が不安だったんだけど、こんなこともできるんだって思ったら、安心しちゃった」

「愛されてるわねぇ」

「ふふふ、彼の愛情に包まれて仕事ができるなんて、わたしは幸せ者よ」

「あーやだやだ、のろけちゃって」

アクセサリーと香水を組み合わせて使うことは、これまでも行われてきたことだ。

しかしそれは、既存のものをうまくコーディネートし、新たな価値を付加することを目的としていた。

最初からそのふたつをセットにして売り出すことなど、これまで行われていなかったことだ。

それを実行したのは、王都で輸入品店を営むイワミ商会。そう、ザクロの実家であった。

ココの作った品物は、ひそかに——ルナやベリルが気づかぬままに、彼女たちの近くまで広まってきていたのだ。

◇ ◇ ◇

現在、王国を統べるのは国王アレキサンダーである。

彼はこのときわずか十歳。

多少なりと分別はつく年頃ではあるが、率先して人々を導けるほどの年齢ではなかった。

「国王陛下！」

近衛兵の声と共に、謁見の間に居並ぶ諸侯がいっせいに頭を垂れる。

楽隊によって奏でられる国歌の調べの中に、二種類の足音が交じっていた。

足音は謁見の間の奥にある扉から玉座まで移動し、それが収まると演奏も終了した。

諸侯が顔を上げると、玉座には王冠をかぶった少年が座り、その傍らに薄桃色の髪の女性が立っていた。

「国王陛下、並びに王太后陛下のご機嫌麗しく、我ら臣下一同、喜びに打ち震えております」

貴族の列で、最も玉座に近い場所にいた老人が、一歩進み出てそう告げる。

王家の血を引く三人の公爵のひとりだ。

「大義である」

少年国王は声を張り上げ、老公爵に応える。

ここまではほとんど、儀礼的な言葉のやり取りにすぎない。

「昨今の帝国との情勢は、厳しさを増しております。しかしご安心ください。我らが必ずや、王国と王家をお守りいたしまする」

公爵の傍らにいた別の老人が、アレキサンダーに言上する。

これもまた、事前に知らされていた内容だ。王国の東にあって、王国よりもはるかに広い国土を有する帝国とは、隣国として長い付き合いがあり、幾度もこの場で名前が出されていた。

自然、それに対する答えも、すでに用意されている。

「……期待している」

アレキサンダーに実権はない。

それは幼い子どもに国の舵取りを任せる危険性を考えれば、ごくあたり前のことだろう。

しかし、アレキサンダー自身はそれを恥だと思っていた。

「しかし……」

その恥の感情が、アレキサンダーに口を開かせた。

それはこの儀式の予定にはなかったことだ。

居並ぶ貴族たちがそれぞれに、わずかな動揺を見せる。

幼い国王が勝手なことを言い出したとしても、それは国王の言葉である。決して軽んじることはできない。

なにを言い出すのか――貴族たちは身構えた。だが、それは別の声によって遮られた。

「国王陛下は、憂慮しておられる。敵を恐れては敵を見誤り、敵を侮っても敵を誤解する。帝国を恐れすぎず、また侮ることのないよう、皆に求めるものである」

それは、国王の隣にいる執政王太后の言葉だった。

彼女は貴族たちを女王のように見回し、厳格な王のごとく言葉を続ける。

「将軍、今の我が王国に、帝国との戦争を生き抜くだけの力はあるのか？」

貴族たちとは別の列にいた男が、一歩踏み出して答える。

下級貴族の出身でありながら、軍事才覚でもって王国軍の大将軍にまで上りつめた武人だった。

「臣マルカライトがお答えいたします。我が王国軍の兵も、決して帝国の兵たちに劣るものではありません。ですが、彼らには我らにはない数という力がある。戦とは数でするものではありませんが、数を無視できるものでもございません」

「つまり、戦うことはできるが、勝てはしないということか？」

「勝てと命じられれば、勝つためにこの命を賭しましょう」

マルカライト将軍の言葉は、言われればやるだけのことはやる、という意味だ。

しかしそれだけのことをやって、なおかつ自分の命を捨てたとしても、命令を果たせるとは限らないと言っている。

しかし、国王の前で勝てないなどといえば、軍は弱腰だと批判されてしまうだろう。それを防ぐために、あくまで戦いに対する姿勢の表明に留めたのだった。

「今はそれでよかろう。交渉で話がまとまるなら、それに越したことはない。皆の者、大義であった」

「ははっ！」

貴族の礼を受けながら、スフェンは我が子を促した。

国王アレキサンダーは母に言われるままに玉座を立ち、出口へと向かう。

その足取りは、重いものだった。

前国王ウォルフラムの死から二年。一年の服喪から新国王の戴冠までには紆余曲折があった。

王太子アレキサンダーはまだ幼い。

国王ウォルフラムには弟がいたが、隣国に婿として送り出されていたため、これを呼び戻すことはできない。

では、貴族の中から王家の血を引く者を新王として推戴するかとなるが、これは候補者となりうる人物が横並びで複数いたために、話し合いが頓挫した。

別の方法として、王妃が女王として戴冠するという案も出た。王妃は貴族の出身ではあったが、王家の血を引いている。王太子が成人するまでの間であれば、十分に女王としての仕事を全うできると考えたのだ。

貴族や官僚たちは、その案を当の王妃本人に進言した。だが、それはにべもなく断られる。

「妾《わらわ》は陛下に、アレキサンダーを頼むと言われた。たとえ一時的であるとしても、我が子を臣下として扱うような真似はしない」

王妃は女王として権勢を振るうことをよしとしなかった。

だが、貴族たちが好き勝手に我が子を操るような事態も許容できなかった。

「しばらくは、妾が執政としてアレキサンダーの代役を務めよう。しかし、国王は王太子アレキサンダーのものである。妾は我が子の代理として、臣下として国政を執る」

王妃の決意は貴族たちに受け入れられた。

貴族としても、自分たちの誰かが王になるよりは、王妃を執政として幼王を戴いた方が、自分たちの利益を拡大できると判断したのだ。

少なくとも、現状の宮廷力学は継続される。一度崩壊した秩序を再構築するのにかかる手間暇を考えたなら、名目上は幼王を国王としつつ、実質的な女王である王妃を支えるという形が最も都合がいい。

王妃はたしかに大きな権力を持っているが、国王ほどの絶対的な力ではない。

貴族たちが力を合わせれば、十分に対抗できる。

そうした判断により、アレキサンダーは国王に即位した。彼の即位から一年、王国はまだまだ、安定からはほど遠い状態にあった。


「アレキサンダー、言いたいことがあるのはわかる。だが、あの場で言うべきではない。国王が言葉を発するときは、受ける側に逃げ道をつくってやる必要があるのだ」

「……申し訳ありません、母上」

居室に戻ったアレキサンダーは、母スフェンからの優しい叱責にうなだれていた。

スフェンはアレキサンダーの心中を完全に理解している。

父親に憧れ、父親に追いつこうと必死になっている。しかし、年齢というどうしようもない要素が、それを阻んでいた。

「焦る必要はない。いずれお前は優れた国王になる。今は学ぶことだ」

「はい……」

「ふふふ、ではお茶にしよう」

スフェンが手を鳴らすと、次々とメイドたちが入ってくる。

彼女たちが押すカートには、さまざまな菓子とお茶が乗っていた。

「では、ご用意させていただきます」

「うむ」

メイド長が一礼し、お茶の用意を整えていく。

てきぱきと動くメイドたちの様子に満足そうなスフェンだが、あるメイドが目の前を通り過ぎたとき、思わず声をあげた。

「待て」

「は、はい」

メイドは怯えたような表情で動きを止めた。

なにか粗相をしてしまったのかと思ったらしい。

「いや、叱ろうというのではない。たしかリエラと言ったな、お前、その香りはどこのものだ?」

「これは……実は詳しくは知らないのです。婚約者が贈ってくれたもので……」

「そうか、いやしかし、この香りは珍しいな。香木、それもかなりの年代物の香りだ」

「ご存知なのですか？」

「ああ、先王陛下に見初められる前、各地を旅していた頃に嗅いだことがある。今の王国に、それを扱える調香師がいるとは……」

スフェンはそのメイドからさらに話を聞き出すと、彼女に仕事に戻るよう告げた。

そして、目の前で整えられていく菓子とお茶を見ながら、今の香水を作った者の姿を想像する。

（精霊樹の香木は、普通の調香師が扱えるものではない。それを香水と耳飾りにするとなると、調香師も細工師も神の加護を受けた者ということになる）

精霊樹は人の立ち入らぬ奥地に存在するという、エルフたちが育てている霊樹だ。

エルフたちは香水というものを使わないが、森で獲物を追うときに香木を焚いて自分たちのにおいを覆い隠す。そのときに使うのが、先ほどの精霊樹だ。

森の魔力を凝縮したかのような香りは、森で暮らすどんな魔物の鼻もごまかすことができるし、単純に香りもいい。

また、その精霊樹で作られた細工はエルフたちの秘伝で、滅多に人々の社会に出回らないとされていた。

（それを人の貿易商が、手頃な値段で売っている？）

普通に考えれば、よく似た香りの贋物《にせもの》ということになるだろう。

だが、精霊樹の香りは贋物を作ることができない。人の社会にあるいかなる香料を使ったとしても、精霊樹の香りに似せることすらできないのだ。

もしも方法があるとすれば、それは神の業だ。

「少し、調べさせようか」

スフェンはその香水の作者に興味を持った。

それは彼女の本能が、差し迫った我が子と王国への脅威に対抗しうる存在を嗅ぎつけたのかもしれない。

スフェン・ルビー・フェルベーツ。

この王太后はかつて、聖湖畔修道学園きっての秀才として各国に留学し、その過程で多くの知識を蓄えて王国の財産とした。

そして同時に、剣を振るって魔物との戦いに飛び込み、各国の戦士たちから戦いの聖女として崇められた人物でもあった。


「へくち」

王都からはるか遠い辺境の岩窟神殿でくしゃみをした聖女がいたが、その聖女がくしゃみの原因を知ることは、ついぞなかった。

彼女は追加発注のあった香水と耳飾りのセットを作るために、魔力とそれが込められた結晶きらめく工房の中を駆け回っていたからだ。

「精霊さん、こっちの方もお願いします！」

彼女の言葉に応え、精霊たちは細工に力を与える。

魔力とは違い、精霊の力は人間には扱えない。しかし、それを宿したものは精霊たちの力が存在する場所にある限り、力を失うこともない。

「よーし、どんどん作るぞー！　おー！」

本来ならば歴史書に登場するような精霊法具を作っている自覚など、彼女には微塵もない。

彼女は魔力を扱うときと同じように、ただお願いしているだけなのだ。

そう、聖女ココの使う力は、使役による強制でもなければ、理論に基づいた自然現象でもない。彼女の願いに応え、さまざまな力が集まってきた結果にすぎない。

そのため、彼女の作る魔法道具や精霊法具は品質がいい。力に混ざり物がなく、限りなく純粋だからだ。

もはや失われたはずの技法が王国の辺境で復活しているなど、誰も想像だにしていなかった。

第十章　王都からの手紙

王国と帝国の交渉は長引いた。

この二ヶ国の関係は単なる土地同士のつながりとみれば長く、国同士の繋がりとみれば短い。

王国建国の頃はまだ少数の部族が争うだけの蛮地であった帝国。当時は王国へと各部族が献上品を持って出向くような関係だった。だが、初代皇帝の誕生によって急速にまとまり、帝国としての形を整えてからは、対等な隣国としての付き合いを続けている。

いや、対等とはいえないかもしれない。

帝国は王国に比べ、はるかに大きな国土と力を持っている。

戦いを経て頂点となった皇帝の一族は、王国の王族よりも絶対的な権力を持っており、貴族がどれだけ集まったところで、皇帝に意見をすることさえできないと言われていた。

軍事力という面でも、帝国は王国を圧倒している。

帝国建国の争いの中で鍛え上げられた兵士と軍事技術は、長い間魔物との戦いと国内の治安維持に終始してきた王国のそれとは比較にならない。

唯一王国が帝国に対して絶対的に優位とされているのは、帝国の民もまた、王国と同じ女神を信仰しているという点だ。

あまたの部族が争っていた頃、王国よりもたらされた女神への信仰が広まり、帝国となった今でも続いていた。

「聖都の半分をよこせなどと、そのようなことは到底受け入れがたい」

その果てに、帝国は王国に対し、自分たちの聖地でもある聖都を半分よこせと言い出した。

もちろん、領土としてではない。ただ、聖地を守るために兵を置きたいと言ってきた。王国側の聖騎士団と帝国兵、同じ数の警備兵を置こうというのだ。

「勘違いしないでいただきたい。我らはただ、我らの心の拠り所である聖地を守りたいと申し上げているだけです」

「それは……」

帝国がなぜこのような提案をしてきたかといえば、原因は王国側にあった。

彼らは帝国との関係が緊張し始めた数年前から、聖都への聖地巡礼に赴く帝国人に対して、密偵の疑いを持っていた。

そのため、帝国人とわかった場合には、かなり執拗な取り調べが行われ、中には帝国人を野蛮な種族として、動物のように扱うこともあった。

もちろん、そのような扱いをすることを、王国は認めていない。それはただ、その取り調べを行った役人のごく個人的な価値観に基づく、ごく個人的な趣味趣向によるものだった。

しかし、そんな言い訳が通じるわけもない。帝国は自国の民に対する不当な扱いを王国に抗議し、王国もまた役人を処分することを約束した。

それでも帝国の怒りは収まらず、やがて帝国は、自国の巡礼者を守るために、自国兵士の入国と駐留を要求し始めたのだ。

「そのような真似……到底受け入れられるはずがない！」

「なぜでしょうか？　我が国と貴国の間には、同じ信仰を礎とする友情があるはず。それに、聖都の兵を減らすことができれば、そちらの負担も軽くなるでしょう？　以前そちらは、我が国の民への補償を求めた際に、財政の逼迫《ひっぱく》を理由にして補償額の引き下げを求めてきた。それほどに貴国が困窮しているというのならば、我が国がその負担を軽くして差し上げようというのです」

帝国側は攻勢を緩めない。

彼らの目的が、聖都の確保にあることは間違いなかった。

それさえ手に入れれば、帝国は王国に対してなんの遠慮も必要なくなるからだ。

「……こちらで、協議させていただく」

王国側は、そう言って時間稼ぎをするしかなかった。

そんな王国側の苦境は、貴族たちの間でかなり信憑性のある噂として駆け巡った。

彼女がそれを知ったのも、そうした噂を耳にしたからだ。

「お父様、帝国との交渉、うまくいっておられないそうですね」

「……それを知ったところで、お前にはなにもできまい」

大聖堂を訪れたデンドリティック侯爵は、聖女である娘と久方ぶりの語らいを楽しんでいた。

無論、楽しんでいたというのは対外的な言い訳だ。

実際には、娘に呼び出され、一方的に責められている。

「聖都の、ひいては神殿の秩序をどのようにして守るのか、聖女たるわたくしが知りたいと思うのが不思議ですか？」

「そのようなことはない。だが、心配せずとも、帝国兵が聖都や王都にたむろすることはない」

「どうしてそう言えるのです？　このまま交渉が難航し、やがて帝国が強硬手段に打って出ないと、なぜそう思えるのですか？」

「…………」

帝国がどこまで本気なのか、王国側にはわからない。

だが、本気になった場合、帝国に対抗するだけの力がないことだけは確かだ。

「であるならば、帝国を納得させるだけの手みやげを用意してやればいいではないですか」

「そのようなもの、どこにあるというのだ」

「ここにおりますわ」

「ここ……まさかお前は……！」

聖都と並ぶ、天の女神神殿の象徴。

それは、聖女だ。

「お前が、帝国に赴くとでもいうのか？」

「まさか、なぜそのようなことをわたくしがしなければならないのですか？」

「ならば誰を……」

「わたくしと同じ年に聖女になり、でも神殿ですら持てあました者がひとりいるではありませんか。建前上では、彼女もわたくしと同格の聖女。帝国の民に女神の教えを広めるのに、不足はありません」

「お前は、かつての学友を帝国に売るというのか？」

「ふふふ……大丈夫ですわ。だってあの子には大した力はありませんもの。力のない者の価値は、肩書きだけです」

ベリルは言う。

今の帝国の強硬姿勢は、体面のためであり、それを保ってやれば矛を収めるだろう。帝国内でも神殿のある王国に攻め入ることに慎重な姿勢を崩さない勢力は存在しており、無理に強硬姿勢を続ければ対立が激化して国内が不安定になるのは間違いないのだから。

「今の帝国の方々は、そんな馬鹿な真似はしませんわ。聖女の価値を失わせないために、大事大事にしまっておいてくれるはずです」

侯爵は自分の娘が、自分よりもはるかに化け物じみた存在になってしまったことに恐怖と後悔を抱いた。

〝加護〟を持つ娘に期待し、これまで多くの試練を強いてきたことは認める。だが、少なくとも、他者の命を軽々に扱うようなことは教えてこなかった。

それは親としての最後の一線であったからだ。

「では、すぐに取り計らいます。お父様の方でも、よろしくお願いしますね」

「………………わかった」

だが、その一線など、単なる自己満足だったのかもしれない。

デンドリティック侯爵は、ただただ娘よりもさらに若いと言われる辺境の聖女に、心の中で謝罪するのだった。

◇◇◇

その一報は、聖女の護衛であるグラナイトのもとにまず届けられた。

「『ココ様の造園の手腕を以て、帝国特使歓待の庭園造成を求める』……これは、ううむ、妙な話だな」

ココを護衛して王都まで出向けという命令書に添えられていたのは、王国政府がココの力を借りたいと言っているという、かつての上官の私信だった。しかしその私信には、あきらかにそれ以外の意図があると思われ、注意されたしとも記されていた。

「とにかく、ココ様にお伝えしなくては」

グラナイトは岩窟神殿の入り口近くにつくった自室を出ると、すぐにココの部屋に向かった。


「王都ですか⁉　わーい！」

グラナイトから王都行きの話を告げられると、ココは大喜びだった。

その様子を見たグラナイトは、上官からの私信の内容を告げるか悩むことになる。

（これほど喜んでおられるのに、余計なことを言うのは……）

グラナイトはココに甘い。

ザクロならば絶対に甘やかさないところまで、甘やかしてしまうほどに甘い。

食後のデザートは三回もおかわりをさせてしまうし、二度寝も三日に一度は許してしまう。

それほどまでに、グラナイトは甘かった。

だから、彼は言わなかった。

「そういうことですので、ココ様はすぐにご準備を」

「わかった！　あ、そうだ！　ルナとザクロにも手紙を書かなきゃ！」

「俺は村の方々に留守を伝えてまいります。その間に、お手紙をご用意ください。使い魔郵便の手配をしておきますので」

「うん、わかった！」

うきうきという言葉が聞こえてきそうなほどに、ココは王都行きを楽しみにしている。

グラナイトは、いざとなれば自分が盾となってココを守れば済む話だと考え、その楽しみに水を差すような真似はしなかった。

ただ、グラナイトの考える危機とは、実際にココに迫っているものとはまるで次元の違うものだったのだ。


ココたちはすぐに準備を整え、王都へと向かった。

道中、ココは聖女の装束をまとって六郎の肩に乗り、沿道に出てきた人々に笑顔で手を振っていた。

「おお、聖女様だ」

「聖女様！」

「どうか、我らに祝福を！」

「はーい！」

ココは求められるたび、人々に祝福あれと女神に願った。

その願いが実際に届いたかどうかは定かではないが、ゴーレムに乗った聖女がもたらした天からの光の雨は人々の記憶に刻まれ、長い間語り継がれることになる。

そう『石の聖女の王都下向』と呼ばれる名画の原案は、このときの一幕であったとされている。

巨大なゴーレムの肩に乗った美しい少女が護衛の聖騎士をひとりだけ連れて、光の雨が降る中、ひざまずく人々の間を進んでいくこの情景は、およそ百年後に聖湖畔修道学園の玄関に飾られることになる。

しかし、現代において、ゴーレムの肩に乗った聖女はただただ、王都行きのテンションに任せて女神様に大量の祝福をお願いしまくる観光客でしかない。

「六郎、あっちみせて！」

「ォォォォ……」

道中、ココは六郎に頼んではあっちを向き、こっちを向きと足もとのグラナイトをおおいに困らせた。

彼は馬に乗りながら、六郎に踏みつぶされないよう必死に逃げ回り、しかし護衛としてあまり離れるわけにもいかず、かなりの苦労を重ねて王都までたどり着いた。

ココとグラナイトの王都行は、およそ半月を要した。

その間にココを取り巻く環境は大きく変わり、彼女は王都に着いた途端、王城へと招かれることになる。

◇　◇　◇

「あびゃびゃびゃ……！」

「ココさん！　落ち着いて！　すぐに終わりますから！」

王城に到着したとき、ココは完全に混乱状態にあった。

出迎えたのが友人であるルナでなければ、その混乱はさらに悪化していたことだろう。

「すぐに国王陛下、王太后陛下への謁見になります。それが済めば、あとはお務めを果たすだけ、ですから」

「わ、わかった、ががが、がんばってみる……」

（ぎゃあああああっ！　国王陛下とか、なんで急にこんなことにぃいいいッ！）

誰のせいかと言われれば、間違いなく過去のココの行動と、それに反応したベリルのせいだろう。

ココは過去の自分の行動によって生じた、ベリルとの確執に翻弄されているのだから。

ただ、ココはここに至っても、そして生涯にわたっても、ベリルとの確執には気づかなかった。

彼女はただただ、ベリルを同級生で、友人としか見ていなかったのである。

もしもこの事実をベリルが知っていたなら、彼女の考えも変わっていたかもしれない。

少なくともベリルの方は、ココが自分を嫌っているか、少なくとも好んでいないと思っていたのだから。

「庭園の造成など、あの子にできるわけがありません。だってあの子がつくったのは、小さな小さな花壇だけですもの」

ココが庭園造りに失敗したところで、それが表沙汰になることはない。ただ、帝国特使の不興を買ってしまったことを恥じ、自ら率先して帝国行きを求めるという筋書きだ。

帝国に女神の教えを広めることこそ、自らの贖罪《しょくざい》だとして。

「ああ、かわいそうなココさん。聖女などにならず、いえ、〝加護〟など得なければ、こんな目に遭うことはなかったでしょうに」

ベリルはココを哀れんだ。

自分のように、選ばれた家に生まれてさえいれば、きちんとした教育を受けられただろう。そして自分にふさわしい立場を理解し、ほかの誰かの立場を脅かすような真似はしなかったはずだ。

「帝国に行ったとしても、お手紙くらいは書いて差し上げます。だってわたくしは、あなたのお友だちですもの。あはははは！」

ベリルの笑い声は、誰にも聞かれないまま、深夜の大聖堂の中に消えていった。

もしも誰かがこれを聞いていたとしたら、聖女ではなく魔女の哄笑《こうしょう》だと思ったことだろう。

翌日、ココは国王から依頼された庭園造りのため、王都近傍の丘にやって来た。

ちなみに、国王と王太后への謁見の内容などほとんど覚えていない。とりあえず記憶があるのはずっと床に敷かれたカーペットを見て、なにかを了承したことだけだ。

「わーあ、ひろーい！　すごく広い！」

ココの言葉通り、そこには、なにもなかった。

というか、意図してまったく開発が行われていなかった。

「ゲリスの丘、まさかここに庭園を造れなどと……」

ゲリスの丘は、王都を守る天然の要衝とされてきた。

王都を目指す軍勢がいるならば、かならずこの場所を通る必要がある。丘から見下ろす平原には街道が通っており、大軍ともなればそこを通るしかないからだ。

「ココ様、この地にはまともな材料などありません。岩ばかりです」

グラナイトは膝を突くと、手のひらを固い地面に押しあてた。

丘はほとんどが岩でできている。庭園を造ろうとすれば、まず地面を掘り起こして造成しなければならない。しかし、そんな時間はない。

「特使到着まで、二週間しかないのです。それまでに庭園を造るなど……」

「大丈夫！　わたしにまかせて！」

どん、と胸を叩くココ。

少し強く叩きすぎて涙目になってしまったが、すぐに笑顔を取り戻した。

「グラナイトはご飯の用意をおねがい！　近くにテントを張って、そこでキャンプね！」

「テント!?　いえ、せめて近くの小屋かどこかに寝床を……」

「そんな時間はないよ！　さあ、はじめよう！」

「は、ははっ!!」

そうして、ココの庭園造りが始まる。聖女による前代未聞の庭園造りは、まるでキャンプを楽しむかのような、軽いノリで始まったのだった。


まずココは、友人であるザクロに石材の手配を頼んだ。

一部の石材については、地面に埋まっているものをココの『お願い』で加工すれば済むが、それだけでは間に合わない。

そのため彼女は、市井でも手に入るような、よくある形の加工品については、王都から運んでもらうことにしたのだ。

「いやぁ、またおもしろいことしてるなぁ。原因があの女だっちゅうのが気に食わんけど、ココならなんとかするやろ！」

「お止めしないのですか⁉」

石材を持って陣中見舞いにやって来たザクロに対し、グラナイトは驚いた。

彼女はココの置かれた状況を理解しつつも、それを笑い飛ばしたのだ。

「どうせ帝国の人の前で恥をかかせて、ココをどうにかしようって魂胆なんやろうけど、そうは問屋が卸さないで。ベリルはココに勝てへん。絶対や」

「なぜですか？」

「そりゃ簡単。ココがベリルを相手にしてへんからや。相手にされてないのに、どうやって勝っていうんや？」

相手にしてもらえないのならば、そもそも勝負は成立しない。

相手に認めてもらわない限り、勝った負けたは自己満足でしかないのだ。

「そういうことやから、ココの好きなようにさせたってや。それに、あの子のことやから、普通のお庭造って終わりってことにはならんやろうし」

「そう、なのですか？」

「そうやそうや、ココはなにするかわからん子やからな。楽しみにしとるとええ。おもしろいもの見られるで？」

ザクロはそう言って、グラナイトを励ました。

「わかりました。なら、俺は俺にできることをします」

「おう、頼んだで。聖騎士様。ただどうやっても解決できないことが起きたら、遠慮なく相談してくれてええで」

「わかりました」

「よっしゃ、いい返事や。さすが聖騎士様は違うなぁ！」

聖騎士――そう、ラグナイトは聖騎士なのだ。聖騎士は困難に立ち向かうために存在する。ならば、するべきことは決まっているはずだ。グラナイトは、すぐに行動を開始した。

かつての上官がいる聖騎士団の王都支部へと向かい、助力を求めたのだ。


「――わざわざ来てもらってすまないが、そちらの要求を受け入れるのは無理だ」

グラナイトは上司との面談が叶うと、すぐにゲリスの丘に聖騎士団を派遣してくれるように要請した。

ココの護衛は、現状のままではあまりに少ない。なにせグラナイトと六郎、そしてナナしかいないのだ。たった三人ではなにかあったとき、守りきれない可能性があった。だが、せめて聖騎士の一隊でも護衛として派遣してもらえれば、ココはかなり安全になる。

「なぜですか⁉　いえ、直接手伝うのは無理だとしても、作業場に護衛の聖騎士を派遣していただくことはできるはずです！」

ココは聖女だ。

これは神殿が決めたことではなく、天にいる女神が託宣を通して人々に告げた現実。聖騎士団が女神に侍る者たちである以上、女神の神意に反することはできない。

「わかっている。だが、今王都にはココ様の護衛に差し向けられるほどの余裕がないのだ。帝国が軍勢を国境線に貼りつけているせいでな」

「帝国が……」

グラナイトはそこで初めて、王国の置かれている状況を知った。

そして、神殿の思惑に気づいた。

「では、もしや、王国はココ様を――」

「言うな」

上官はグラナイトを制した。

ここで王国側の思惑を口に出してしまえば、上官はグラナイトをなんらかの手段で取り除かなければならなくなる。

彼とて、聖騎士としての矜持《きょうじ》はある。しかし同時に、守らなければならないものも無数にかかえていた。

家族、仲間、部下、そして王国。

たとえ死後に断罪され、地獄に落とされることになるのだとしても、今自分がかかえているものを捨てることはできなかった。

「今日は帰れ、グラナイト。なんとか手の空いている者を探してみる」

「……わかりました」

上官の悲痛な表情に、グラナイトはうなずくしかなかった。

彼は、上官の家に何度も招かれたことがある。

細君と子どもたちに、上官の武勇伝を語って聞かせたことも一度や二度ではない。

父親の活躍に目を輝かせる子どもたちの顔を、今でもはっきりと思い出せた。

「………………」

いつの間にか、日は落ちていた。

グラナイトは夜の王都を、半ば呆然としたまま歩く。

ココに仕える聖騎士として、なにかをしなければならない。

自分がなんとかしなければ、せめて、ココの働きを邪魔しようとする者たちだけでも排除しなければならない。

「………………」

そう決意したグラナイトの前に、複数の人影が姿を見せた。

いずれも黒の装束に身を包み、鈍く光る短剣を彼に向けている。

「誰だ」

「あの聖女から手を引け。今なら、もとの部隊に戻してやる」

「ココ様を裏切れというのか」

「あの小娘に仕えたところで、貴様になんの得がある？　たとえあの娘が聖女を退くときまで仕えたとしても、お前に与えられるものなどなにひとつないだろう。違うか？」

彼らの言葉は事実だろう。

ココがグラナイトに与えられるものなど、なにもないかもしれない。

しかし、グラナイトはすでにココから得ているものがあった。

「あいにくだが、お前たちの考えは間違っている。俺はもう、ココ様からいろいろなものをもらっているよ」

「ほう」

「それを見せてやる。かかってこい」

「馬鹿め」

刺客はひと息でグラナイトとの距離を詰めた。

風のような身のこなしは、聖騎士が最も苦手とする敵の動きだ。

しかし、グラナイトには、同じような身のこなしをする先輩がいた。

「はぁっ！」

グラナイトの剣がきらめき、刺客のひとりが吹き飛ばされる。

まるで自分たちの動きを予知したかのようなその動きに、刺客たちは動揺した。

「貴様、聖騎士ではないのか？」

「聖騎士だ。だが、聖女の眷属の後輩でもある」

ナナの動きは、刺客たちよりも速い。

速いどころか、小さい。

それを相手に稽古をしていた――というよりも、かわいがりを受けていた――グラナイトには、刺客たちの動きなど手に取るようにわかる。

「さあ、この程度では俺を倒せはしないぞ」

「――ならば、こうするまで」

そう言って、刺客はいっせいに小瓶を投げつけてきた。

小瓶の中に入っているのは、黒い砂。

「な!?　こんな街中で……!?」

小瓶は光を放ち、爆発する。

いくつもの爆発の中に、グラナイトは消えた。

「愚かな奴だ」

どれだけ体を鍛え、技を磨こうとも、爆発を防ぐことはできない。

聖騎士の装備の中には、魔法の爆発に耐えられるものも存在したが、地方に左遷された聖騎士がそのような装備を与えられているわけがなかった。

だが……聖騎士団に与えられていなくとも、同じだけの力を持つ鎧をグラナイトに与えられる存在はいる。

「……馬鹿な」

刺客たちは気づいた。

爆発の後、立ち込める煙の向こうに立つ者がいた。

聖騎士の鎧を身にまとったその姿は、わずかに光を放っている。

「この光、〝加護〟か！」

「その通りだ！」

煙の中から飛び出したグラナイトが、剣を振るう。

刺客の何人かが斬り倒され、さらにグラナイトの攻撃は続く。

「先輩たちの攻撃に耐えられるように、ココ様が俺の鎧に祝福をくださったのだ！　あの程度の爆発、ロクロウ殿の拳やナナの雷に比べればそよ風のようなもの！　ココ様の祝福を貫けるわけがない！」

「くそっ！　退け！」

刺客は逃走を選択した。

あらゆる手段を用いて、グラナイトをココから引き離すことを目的としていた彼らだが、最終手段ともいえる実力行使を防がれてしまったとなっては、ほかに選べる手段はない。

受けた依頼は絶対だが、それとて自分たちの命があってこそだ。

このまま聖騎士団に捕まることがあれば、聖女を狙った大罪人として死は免れない。聖女の護衛についた聖騎士を狙うということは、当然、聖女の命を狙っているものと見なされる。

「さっさと逃げて、依頼者に伝えろ！　我が主、ココ様は決してお前たちの思うようにはならないとな！」


グラナイトの言葉はたしかに依頼人に届けられた。

その依頼人とは、デンドリティック侯爵の取り巻きのひとりだった。

彼はデンドリティック侯爵家の歓心を買うべく刺客を放ち、失敗したのだ。

「なんということを……！」

この時点で、デンドリティック家は動きに大きな制限が加えられた。

命じたわけでも、直接手を下したわけでもないが、聖女を狙ったという悪名はあまりにも大きすぎる。

ベリルの言葉通り、建前の上ではどの聖女であっても立場は等しい。

たとえ辺境に追いやられた、ちっぽけな〝加護〟しか持たない聖女だとしてもだ。

「仕方があるまい。たとえ護衛がいたとしても、さほど事情は変わらないだろう」

デンドリティック侯爵はそう判断した。

常識的で、至極あたり前の考えだ。

彼はただ、娘がこれ以上の罪を犯さないことだけを願っていた。そう考えれば、自分たちが身動きできなくなるのは好都合かも知れない。

「これが、神の思し召しであるならば、どうか娘を……」

デンドリティック侯爵は、ひとり願った。

かつて娘が生まれる直前、己の命と引き換えでもかまわないから、無事にこの世に生まれてほしいと神に願ったときと、まったく同じだけの思いを込めて。

第十一章　石の聖女の庭園

帝国の特使は、歓待されつつ王都に入った。

そのまま王城にて国王への謁見を済ませ、翌日には王国側が用意した庭園での会談の予定だった。

「王国側の考えはわかった」

「それでは、よろしくお願いいたします」

案内役としてつけられた神官は、帝国の特使に対して『石』の聖女の引き渡しとその方法について打ち明けた。

特使は黙ってそれを聞き、ただうなずく。

それ以上の約束をするつもりはない。

（密偵からの報告は聞いていたが、王国がこれほど愚かだとは……）

信仰の流出は絶対に避けなければならないことだ。

これまで神殿がかたくななまでに〝加護〟を持つ者を自らの手もとに置いていたのは、信仰対象をすべて自分たちが制御するためである。

その信仰対象のひとつである聖女を他国に引き渡すなど、これまでであれば考えられないことだ。

「件の聖女がそれほどまでに無価値だということか？」

庭園建設の依頼を受けた聖女が、近くの丘で作業をしていることはわかる。

今、その丘は式典の準備という建前で立ち入り禁止となっており、どのような工事が行われているかはわからない。

「言いがかりならばいくらでもつけられるとでも言いたいのだろうが、帝国も侮られたものだ」

特使は悩んでいた。

彼は皇帝とも近しい関係にある。彼の個人的な考えも知ることのできる立場にあった。

皇帝は、王国との戦いを望んではいない。しかし、帝国軍は戦いを必要としている。

「軍の連中がこれでおとなしくなるとは思えないが、王国がこれではな……」

王国側が大幅に譲歩したと知れば、軍はよりいっそう強く王国への侵攻を求めるに違いない。

そのあたりの事情を王国側が理解していれば、こんなことにはならなかったかもしれないが、今となってはどうしようもないことだ。

「くくく……もしも聖女が女神の代理人だというのならば、私の悩みを解決してほしいものだ。そうしてくれたなら、当家の財産をすべて寄進してもかまわない」

それは偽らざる本音だったが、同時にまったく期待していなかった。これまで、彼の期待に正しく応えてくれたのは、家で飼っている犬だけだったからだ。

ゲリスの丘には、聖騎士団による警備が敷かれていた。

帝国特使を迎えるために、王国の重鎮や神殿の主教などが出向いていたからだ。

そのいずれもが、ココの失敗を確信し、彼女を帝国に引き渡すための算段をつけた者たちだった。

「特使殿、こちらに」

王国側の代表である公爵が、特使を先導して丘へと向かう。

つい先日までただの野原であった場所には、新たに石畳が敷かれていた。

「『石』の聖女様は、丘の上にてお待ちです。ぜひとも特使殿に、自らが造った庭園のご感想をいただきたいとのこと」

「それは楽しみです。女神の祝福を受けし、王国の至宝がどのようなものを見せてくださるのか……」

「ははは、実は私も自分の目では確かめていないのです。ぜひ、特使殿と驚きを分かち合いたいと思っていましてね」

「それはそれは……」

ふたりは石畳を上っていく。

丘の頂上は、少し歩いただけですぐに見えてきた。

まずは石で組まれた門が見え、その奥に白い聖女の装束をまとった小さな人影が見えた。

「彼女が……『石』の聖女……」

特使は少しずつ近づいてくる聖女の姿に、驚きを隠せなかった。

ヴェールの向こうに見えるのは、どう見ても少女の顔。その体躯から考えても、自分の娘とさほど年は変わらないだろう。

「………」

あんな少女を、敵国に売り渡そうとしているのか。

特使は隣を歩く公爵の顔に、笑みが浮かんでいるのを見て、自分の中の、誇りを信じるもうひとりの自分が怒りの声をあげるのを感じた。

謀略は政治の花だ。

相手を貶《おとし》めることも、陥れることもためらう必要はない。お互いに死力を尽くして相手を蹴落とすのが、政治の本質だ。

しかしそれは、相手が同じ土俵にいることを前提としている。

通りすがりの見知らぬ誰かを斬り殺して決闘だなんだとうそぶいたところで、誰がそれを認めるというのだろうか。

王国がしようとしているのは、そういうことだ。

「ようこそ！　帝国の方！」

聖女はヴェールの向こうから、特使に笑いかけてきた。

その笑顔に陰りはない。

ただ、自分が作り上げたものを特使たちに見せたくて仕方がないといった様子だ。

「お招きに預かり光栄です、聖女様」

「はい！」

「それで聖女様、ここにあるのが、聖女様のお造りになった庭園ですかな？」

公爵はどこか馬鹿にしたような態度で、丘の頂上を示してみせる。

そこにあったのは、途中で途切れた石の階段だけだった。

たしかにそれを純粋な芸術作品として見れば、天へ向かう途中で途切れた階段というものの悲しさを感じさせる素晴らしい題材だ。

特使は意外にも、このちっぽけな庭園が気に入りかけていた。

落ち目の王国にふさわしい場所ではないか。

いっそこの場で、王国との戦いの火ぶたを切るのもおもしろいかもしれない。

特使がそんな危険な考えに囚われようとしたとき、ココが頭を振った。

「いいえ、特使様をご案内する庭園は、この先です」

「この先？　この先といっても……」

階段の向こうにあるのは、空だけだ。

「大丈夫です。すぐに到着しますから」

「到着？」

特使と公爵が、同時に疑問を口にした。

その直後、彼らの頭上で風が鳴き始めた。

「なんだ？」

なにかが空にある。

風を遮り、その流れを変えるなにかがある。

真っ白い雲の向こうから、なにかが、大地に巨大な影を落とすなにかが、来る。

「おお……」

「そんな、馬鹿なことが……」

特使は笑みを浮かべ、公爵は呆然と空を見上げる。

随行団の人々も揃って空を見上げ、各々の感情を顔に出した。

「ふふふ……」

そんな人々を得意気な表情で見回し、小さな聖女は胸を張った。

「これが、『ゲリスの天空庭園』です！」

　ゲリスの丘に現れた空中庭園の姿は、王都からでも確認することができた。

大聖堂の居室にいたベリルは、目の前に現れたものを信じられないという眼差しで見つめる。

「あれが、あの子の庭園？」

同じ聖女であるベリルにはわかった。

あの庭園が、女神の〝加護〟によって形づくられたものであることが。

そして、人々にどれほど神々しい存在に見えているかも。

「ココ……あなたは……!!」

ベリルは唇を噛みしめた。血が滲むのも気づかない。

「わたくしを、わたくしをそこまで貶めたいのですか！　あなたは！」

ベリルは帝国との交渉が、あの庭園によって成立するであろうことがわかっていた。あんなものをつくり出す存在と、それを擁する国を、帝国ともあろうものが敵に回すはずがない。


「グラナイト、お前の聖女様はすごいな」

警備の責任者として現れたかつての上官は、丘の上空に浮かんだ庭園を見上げながら、隣に立つグラナイトに言った。

「あれがどれだけの時間浮いていられるかわからないが、もしも自由に飛ばせるとしたら、とんでもない兵器だ。何千人もの兵士を、敵国の好きな場所に送り込めることになる」

「あの方はそんな使い方を考えていませんよ。なにせ、移動動物園にしたいと言っていましたからね」

グラナイトは空中庭園を造ろうとしているココに、その真意を聞いていた。

「王都でも辺境でも、あるいは帝国でも、同じものを見て同じように楽しめるようになれば、きっとみんな仲よくなれる。ココ様はそう言っていました」

「――そうか、そうかもしれないな。だが、動物園か、無事に完成したら、いつか子どもたちを連れていってみたいものだ」

「そのときは、俺が案内しますよ。きっと」

グラナイトは自分の仕える聖女の偉業を、我が事のように誇らしく感じていた。

王都の人々に気づかれないよう、王都から遠く離れた山間の湖で造られた庭園。土台になっているのはココから〝加護〟を与えられた石材で、六郎がどれだけ拳を叩きつけても傷ひとつつかないほどの強度を持っている。

もしも地上から魔法で攻撃したとしても、決して破壊できないだろう。下から上に打ち上げる形での攻撃は、どうしても威力が落ちるのだ。

「帝国の特使は、あの庭園の恐ろしさがわかるだろうか」

「わかっていると思いますよ。ココ様に対する、あの態度を見ればわかります」

グラナイトたちの視線の先で、帝国の特使はココに対して拝跪《はいき》の礼を取っていた。それは皇帝や国王に対するものと同じだ。

「大丈夫です。きっとココ様が、王国を守ってくれますよ」

グラナイトの言葉は真実となった。

その日、帝国は王国との交渉で、少数の事務官のみを聖都に派遣する提案を行ったのである。

これまでとは打って変わった穏当な申し出は、あきらかにココの天空庭園の存在が影響していると思われた。

帝国は、王国以上に天空庭園に脅威を感じていた。

小さな聖女が造ったとっておきの庭は、帝国にとっては空中要塞そのものだったのだ。

だからこその提案。だからこその妥協。帝国に、王国と戦う理由はなくなった。

一方の王国側も、帝国側の提案をほぼそのまま受諾した。

交渉を長引かせることで、帝国が心変わりをすることを恐れたのである。

そうして、王国と帝国の間で発生した危機は去り、平穏が戻った。

ただ、その平穏は一日しか保たなかった。


「そこまでわたくしを愚弄するというのならば、仕方がありません。直接この手で、あなたを這いつくばらせるとしましょう」

平穏を破ったのは、聖女ベリルによる、聖女ココへの一騎打ちの申し出だった。

第十二章　『石』対『黄金』

聖女ココに対する褒賞の内容について神殿と打ち合わせていた王太后スフェンは、もたされた急報に肩を揺らして笑ったと伝えられている。

「『黄金』殿は、特使歓待の宴にて、『石』殿との決闘を行うというのか！　あははは！　これは傑作だ！　聖女同士の争いなど、少なくとも歴史書の中には存在しないぞ！」

少年国王アレキサンダーは、母である王太后がこれだけ大声で笑うのを、久しぶりに聞いた。父の崩御《ほうぎょ》以来、母は常に自分と王国を守るために張りつめていた。その母親を大笑いさせてくれたという部分で、彼は『黄金』の聖女に心から感謝した。

「いいではないか、やらせよう。互いにゴーレムを使っての戦いなのだろう？」

「はい。互いの〝加護〟でつくった黄金と石のゴーレムを戦わせ、雌雄を決するとのことです」

「なにか賭けているわけではなかろう？　場末の酒場でもあるまいし」

「そのような話は、聞いておりません」

重臣の言葉に、スフェンはさらに笑いを深めた。

（ふふ、なにも賭けていないわけはない。おそらくは、自分自身の矜持を賭けているだろう。少なくとも、デンドリティックの聖女は）

それならそれでもいいと思った。

戦いの中でこそ、得られるものもある。

ただの座興と言っているのだから、好きにさせればいい。年若い娘たちがむちゃをするなど、どの国の、どんな場所でもよくあることだ。それが聖女ならば例外だと、誰が決めたというのか。

「決闘を許そう。城内の営庭を使うがいい」

「ははっ」

◇◇◇

「決闘なんて、やったことないよ！」

「大丈夫大丈夫、きっとなんとかなるって！」

「ザクロさんの言う通り、ココさんなら、きっと大丈夫」

友人たちに励まされ、ココは六郎を連れて王城へと向かった。

先日の庭園お披露目の際に会った特使が、国王と同じバルコニーから手を振っているのが見える。

ココは特使に手を振り返し、正面に姿を見せた黄金のゴーレムに目を向けた。手のひらに、端然とした立ち姿のベリルがいる。

「……ココさん、お久しぶりね」

「ベリルさん、どうしてこんなこと……」

「ふふふ、やっぱりわかってはくれないのね。ココさん」

ベリルの浮かべる微笑みは、悲しげだった。

彼女はこうして直接戦うことになっても、自分が持つ感情をココがまったく理解していないことを悲しんでいた。

「ココさん、わたくしとあなたはお友だちよね？」

「はい！」

「そう、そうね」

ベリルはココの返事を聞いて顔を伏せた。

もうダメだ。

もう自分は、取り繕うことはできない。

「――戦いを始めたいと思います」

ベリルがそう言って、黄金のゴーレムを促した。

全身鎧の聖騎士を模したと思われる黄金のゴーレムは、自らの主である聖女ベリルを静かに地面に下ろした。

六郎もまた、ココを地面に下ろす。

「キュキュウ」

「ォォォォ……」

ナナの激励を受け、六郎が戦いの場となる営庭の中心に向かう。

黄金のゴーレムに、六郎のような意思はない。ごく普通のゴーレムのように、創造主の思った通りに動くだけの人形だ。

「それでは、始め！」

決闘は、短かった。

「叩きつぶしなさい！　叩きつぶして！　あんなもの！　わたくしの目の前からすぐに消して！」

ベリルの叫びに応え、黄金のゴーレムが疾駆する。

聖女の眷属である彼の動きは、魔導師がつくる通常のゴーレムとはまったく別物だった。

ほとんど人間のそれと変わらない身のこなしで、敵に向かって一直線に駆ける。

その腕に構えた黄金の槍は、ベリルの〝加護〟を受けていかなるものをも突き刺すだけの破壊力を秘めていた。

それに対する石のゴーレムは、形からしてあまりにも見すぼらしい。

子どもの作った泥人形のような姿は、黄金のゴーレムのようにすばやく動くこともできないように見えた。

「これで！」

すべてをかなぐり捨てたベリルの言葉。

自分への脅威は、それがなんであろうと排除するという決意が彼女を叫ばせた。

「……！」

右腕を払うように、大きく振り抜くベリル。目の前の現実を振り払うような仕草だ。

そんな主の心を投影したかのように、黄金のゴーレムは神速で突き進む。

そして、黄金のゴーレムの一撃が繰り出された。

「速い」

それを見ていた誰もが同じ感想を抱いた。

ゴーレムといえば鈍重なものという先入観を持っていた人々にとって、その光景は驚きに値する。

槍の穂先が向かうのは、石のゴーレムの頭部だ。

真っ白い尾を引くほどの速さで繰り出された一撃。

石のゴーレムは避けられず、その頭部で穂先を受けた。

——ように見えた。

「っ！」

ベリルは勝利を確信した。そして、安堵した。

（これでいいのよ。これでもう、あの子に怯えなくて済む）

こんなにも自分が怯えていたことにおかしみを感じながら、ベリルは肩の力を抜いた。

だがその瞬間、光と共に黄金のゴーレムは小さな小さな、砂金となって砕け散る。

まるで雪のようにきらきらと空中を舞う黄金。

風によって吹き散らされたそれは、とても美しい光景をつくり出していた。

「え……？」

ベリルはただ、呆然と先ほどまで黄金のゴーレムがいた場所を見つめた。そこにはもう、なにもいなかった。


そして人々は、聖女ふたりがつくり出した幻想的な光景に、感嘆のため息と大いなる拍手で応えるのだった。

彼らには、ベリルの葛藤も、ココの困惑も理解できない。彼らに理解できるのは、聖女ふたりによって、この世のものとは思えない風景がつくり出されたことだけなのだ。

エピローグ　聖女、旅立つ

「ベリル様」

「ああ、ルナ、久しぶりね」

　ルナがベリルの部屋を訪ねたのは、あの戦いからひと月の後だった。

　彼女はベリルがまったく政務に出てこないという話を聞き、訪ねてきたのだ。

「あなたもわたくしの負けっぷりを見て、笑いに来たのかしら？　いいのよ、あれだけあなたにつらくあたったんだもの、笑うくらい許してあげる」

　ひそかにベリルとの衝突さえ覚悟していたルナは、自分を部屋に招き入れた彼女の態度に、強い違和感を抱いた。

（前よりも、落ち着いている？）

　ルナにはそうとしか形容できない。だが、無意味な諍いをしなくて済むのなら、そちらのほうがいいに決まっている。

　気を取りなおし、ルナはベリルの言葉に答えた。

「そんな、つもりはありません。ただ、あのときなにがあったのか、お聞きしたくて」

「あなたもみんなが言っているように、わたくしがわざとゴーレムを壊したと思っているの？

特使を歓待するために、ココさんと一緒にひと芝居打ったと」

「そうは、思っていません。私が知っているベリル様なら、そんなことはしない」

「ええ、その通りよ。あれは、自然の摂理がそうしただけ。ああなったら、何度同じことをしても同じような結果になるわ」

「自然の摂理？」

「ねえ、ルナ。黄金ってどうやってできるか知ってる？」

「それは、地面の中から金鉱石を掘り出して、精製して……」

「その通り。じゃあ、その金鉱石はどこから出てくる？　誰が生み出してるかしら」

「それは、大地が……まさか……！」

ルナは大きく目を見開く。

それに気づいたベリルは、おもしろそうに笑った。

「ルナ、その眼鏡よく似合っているわ。驚いた顔もよく見えるし、前の髪型には戻しちゃダメよ」

「ベリル様……」

「黄金は、石からつくられる。いいえ、この大地のすべてが石からつくられている」

ベリルは、曖昧な笑みを浮かべた。

「わたくしは、この大地と戦おうとしたみたい。馬鹿みたいよね？」

◇◇◇

「なあああっ⁉　もう旅立っただと⁉」

王都の魔導研究院のロビーで、ひとりの魔導師が叫んでいる。

「『石』の聖女様の出立は、来週のはずだろう⁉」

彼は慌てて追いかけてきた後輩の肩を掴み、大きく揺らす。

「それが、国王陛下と王太后陛下たってのお頼みで、南方の砂漠地帯に向かわれたそうなのです」

「もしや、あの砂漠化の呪いを解くためか？」

「おそらくは……」

魔導師は後輩を解放し、顎に手をあてて思考に没頭した。

「あの呪いは間違いなく、古代の遺物か、砂漠の亡霊の仕業だ。聖女を差し向けてどうする？いや、僕の仮説が正しいとすれば……」

ぶつぶつと独り言をしゃべりながら、ロビーをぐるぐると回る魔導師。

「先輩！　バザルト先輩！　ここでは邪魔になりますから！」

「ええい、うるさい！　あと少しで考えがまとまるんだ！　黙っていろ！」

「それなら、研究室に戻ってください！　導師ヴィオレットからの課題がまだ終わっていないんですから！」

「くそっ、あのばあさん。まだ僕たちを学生と勘違いしているんじゃないだろうな⁉　ボケたか⁉」

「お願いですから、導師にそんなこと言わないでくださいよ⁉　先輩と一緒に海底に置き去りにされるなんて、もう二度とゴメンですからね！」

「うるさいうるさい！　こうなったら、僕も南に向かうぞ！　あの聖女様の力、必ず解き明かしてやる‼」

魔導研究院の騒ぎは、終わりを見せない。


そして、彼らの話題だった『石』の聖女一行は、南へと向かう街道の途中にあった。

「ココ様！　ロクロウ殿にしっかりとつかまっていてください！　この辺りは足場が悪いです！」

「あははは、ゆれるゆれるー！」

「ぎゃあああっ！　お願いですから、遊ばないでー‼」

ココは楽しそうに笑う。

まだ見たことがない風景が、この先に広がっている。それが楽しみだった。

（村と学園と、あの神殿しか知らなかったから、南の方がどうなってるか気になってたんだよね。あの小さな国王様、ナイス！）

ココは、あの決闘の後に招かれた王城での一幕を思い出した――。


謁見の間に集まった人々の間で張りつめる緊張感。

聖女としての姿でその場に入ることになったココは、なぜ自分がこの場所に呼び出されたのかと不思議で仕方がなかった。

（あれ？　王様小さい？　小さいよね？）

だが、そんな疑問は正面の玉座にいるアレキサンダーの姿を見てかき消された。

二度目の謁見のため、ようやく周りに気を配り、目を向ける余裕が出てきたココ。国王とは、大の大人の仕事だという先入観があったため、自分とさほど年の変わらない国王に強い興味を抱いたのだ。

そんなココに対して口を開いたのは、その小さな国王の隣にいる王太后だった。

『聖女ココ、見事な戦いぶりでした』

『はい、ありがとうございます』

『天空庭園だけではなく、あれほどのゴーレムを従えているとは、さすが聖女というほかありません』

スフェンのその言葉は、偽らざる本音だった。

聖女という存在の持つ、女神の代行者としての姿を見たような気分だった。

『国王陛下は、あなたの功に報いるようにとの仰せでした。なにか望みはあるか？』

望みを問われ、最初に思いついたのは故郷のルベール村のことだ。

（ご褒美もらえるってことだよね？　なら、村に送ってもらえばいいんだ！）

そんなふうに考えたココは、精いっぱいの厳かな態度で答えた。

『故郷の村に、なにかもらえれば、うれしいです』

『そうか、わかった。ならば神殿からの申し出通り、ルベール村を神殿直轄領とし、王国からの俸禄も与えよう』

王太后の言葉に、貴族たちの間から呻《うめ》き声が漏れた。

呻き声の主は、これまでルベール村を所領としていたオーパル家の子爵だった。

彼は今回のココの功績を武器に、その他の貴族たちと共謀して勢力拡大を狙っていた。

村を盾にすれば、ココを操ることなどたやすい――そう考えていたのだ。

ただ、そんな策略はスフェンにも、神殿にも見透かされていた。

彼ら二者は一時的に手を組み、貴族たちの思惑をくじくためにルベール村を神殿直轄領とすることに合意したのである。王国内の土地をどう扱うかは、王家の専権事項だ。

『オーパル子爵には、王家の直轄地より代替地を与えよう。数日中に使いの者を出すゆえ、そう知り置くように』

『……ははっ』

オーパル子爵はスフェンの言葉に頭を下げた。

聖女がいないのならば、辺境の小さな農村にどれだけの価値があるというのか。怒りで肩を奮わせながら、オーパル子爵は王太后に対する憎しみを募らせた。

もっとも、彼にその憎しみを晴らすだけの力はない。ただただ、時間をかけてそれを忘れていくしかないのだ。

『では、聖女ココ。こちらからもあなたに頼みたいことがある』

『頼みたいこと、ですか？』

ココは首をかしげる。

『ええ、これはあなたにしかできないこと。あなたにしか救えない人々が、南の地にいるのです』


――ココは王太后の最後の言葉を思い出し、はるか彼方に目を向けた。

目的地は、前方に見える山々よりもさらに先にある。

「南かぁ」

与えられた仕事はある。だが、それ以上にココは世界を満喫していた。

これから向かう先は故郷ではない。本当は故郷に一度戻るつもりだったのだが、王太后にあのように頼まれては、里帰りを優先することはできなかった。

「困ってるひとがいるんだもんね」

残念なのは間違いない。久しぶりに家族と会えることを楽しみにしていたのだ。

だが、これから向かう場所でも、ここでしか出会うことができないなにかが、たくさん待ち受けているだろう。

それはきっと、かつての人生で出会ったものと同じくらい、彼女の人生を輝かせてくれる。

村のみんなへのみやげ話にもなるに違いない。

「うん！　だったら大丈夫！」

王都を出る前に手紙は送っておいたから、きっと大丈夫だろう。

それよりも、とココは背中の荷物入れから小さな瓶を取り出した。

中には、金色に輝く砂が入っており、きらきらと輝いていた。

「向こうに着いたら、この金をつかってなにかつくろうっと。ベリルさんにお返ししなきゃ！」

戦いが終わった後、六郎の体には大量の砂金が付着しており、それを集めると、小さな瓶ひとつ分ほどにもなった。

ココは、それでアクセサリーを作ろうとしている。

無論、友人である『黄金』の聖女への贈り物だ。自分を新たな世界に導いてくれたあの金色の髪の聖女に、自分の友情の証を渡したい。

「なにつくろうかなぁ……」

考える時間はまだまだある。

ココは砂金の入った小瓶を太陽に翳し、キラキラと光る金を見つめながら、これからの予定を考えるのだった。

End

あとがき

皆様ごきげんよう、白沢戌亥です。

はじめましての方が多かろうと思いますが、別の場所で私のことをご存知の方もいらっしゃるかもしれません。

どちらの方も、なにとぞよろしくお願いいたします。


さて、今回の物語、主人公は小さな聖女ココです。

田舎の農村出身で、まだまだ成長期真っ盛りのミニ聖女様は、周囲を振り回したり振り回されたりしながら、我が道を進んでいきます。

お供は眷属たちと、すでに苦労性が板についてきた聖騎士グラナイト。

本来ならエリート中のエリートであるはずの彼は、今日も先輩の小動物に電撃を食らわせられながら、護衛と書いてほごしゃと読む仕事をしていることでしょう。

ココの年齢ならば、保護者同伴でもまったく不思議ではありませんし、これからもっと保護者が増えていくかもしれません。

今回、ココは同じ聖女であるベリルと戦うことになりましたが、本人はあまり戦ったという認識はありません。

戦ったのは自分ではなく六郎で、その六郎も傷ひとつなく勝利してしまったので、ベリルが手加減をしてくれたのだとさえ思っています。

ココにとって、ベリルは『物語に出てくるお嬢様』であり、同級生であり、同じ聖女でしかないのです。ザクロの言葉通り、ベリルは最後までココの敵になることはできなかったということですね。

これからベリルがどんな形で今回の敗北を糧にするのか、それ次第では、再びココの前に現れることもあるかもしれません。

そうなったら、きっとココは大喜び間違いなしです。ココは密かに、ベリルのゴーレムのファンなので。

ココの物語は、さらに続いていきます。

これからの彼女の姿を、ぜひ見守っていってください。

白沢《しらさわ》戌亥《いぬい》

追放されたハズレ聖女はチートな魔導具職人でした

2021年9月5日　初版第1刷発行

著　者　白沢戌亥

© Inui Shirasawa 2021

発行人　菊地修一

発行所　スターツ出版株式会社

〒104-0031　東京都中央区京橋1-3-1　八重洲口大栄ビル7F

☎出版マーケティンググループ　03-6202-0386
（ご注文等に関するお問い合わせ）

https://starts-pub.jp/

印刷所　大日本印刷株式会社

ISBN 978-4-8137-9096-9　C0093　Printed in Japan

この物語はフィクションです。
実在の人物、団体等とは一切関係がありません。
※乱丁・落丁などの不良品はお取替えいたします。
　上記出版マーケティンググループまでお問い合わせください。
※本書を無断で複写することは、著作権法により禁じられています。
※定価はカバーに記載されています。

［白沢戌亥先生へのファンレター宛先］
〒104-0031　東京都中央区京橋1-3-1　八重洲口大栄ビル7F
スターツ出版（株）　書籍編集部気付　白沢戌亥先生